爱旅行

Love × Voyage

詹仁雄 著

人民文学出版社

著作权合同登记号：图字 01-2014-4531

爱·旅行

图书在版编目（CIP）数据

爱·旅行 / 詹仁雄著．－北京：
人民文学出版社，2014
ISBN 978-7-02-009659-6

Ⅰ．①爱… Ⅱ．①詹… Ⅲ．①散文集－中国－当代
Ⅳ．① I267

中国版本图书馆 CIP 数据核字（2014）第 209960 号

特约策划：吴文娟 潘丽萍
责任编辑：徐广琴
装帧设计：高静芳

出版发行 人民文学出版社
社　　址 北京市朝内大街 166 号
邮政编码 100705
网　　址 http://www.rw-cn.com
印　　制 山东临沂新华印刷物流集团
经　　销 全国新华书店等
字　　数 52 千字
开　　本 890×1240 毫米 1/32
印　　张 7
版　　次 2014 年 11 月北京第 1 版
印　　次 2014 年 11 月第 1 次印刷
书　　号 978-7-02-009659-6
定　　价 29.00 元

如有印装质量问题，请与本社图书销售中心调换 电话：010-65233595

爱　与旅行

越到一个年纪，越发现世间道理原来是一个样。
时间像贼，感情像债，回忆像是分不清善恶的朋友……
人的关系像网子，网子是利益，算计的那一方就被滤走；网子是专情，花心的人就被挡住。于是，费尽心思想弄懂的复杂人际，到头来，一根排水管就可以解释。
万物的游戏规则不过尔尔，造物者并没有要你想太多……

而旅行……跟恋爱一模一样。

千百城市就像茫茫人海，每个乍看都跟自己有缘份。
年轻时，遇到了就有理由喜欢。
择偶条件只讲感觉，哪管多糟、多无聊、多不适合自己，就算家里反对、朋友嘲笑、刮风下雨、飞机停飞、火车停驶、天崩地裂，也要向他怀里奔……
岁数大了，转个身都挑得出毛病。
恋爱标准是大家的标准，丑一点没关系，至少要有钱；穷一点无所谓，起码要负责。我们开始瞻顾付出的回收，担心有没有对等的相待，学着用提防代替勇气去面对未来。
简而言之，小时在乎过程，老了关心结果。
像不像？
旅行像透了恋爱，每个人的心都是一道海关，有些国家你拿不到签证，有些地方没有能力到达，而有的岛屿是你打死都不想去的地方。
可是，一旦出发了，我们都期待彼岸的快乐，就像寄托在爱人身上的幸福，能像大师的画作，像月历上的摄影，像童话般不切实际的浪漫。

爱旅行。

然而想象的种种美好，多数建立在他人浮光掠影、掐头去尾的描述上。真实总是在我们体会过后，解构了、松散了，才惊觉不论爱情或者旅行，谜底其实不是只有对方要给，而是你自己有没有能力揭晓，可否接受爱情有其阴暗，再美的城市也有丑陋的角落……
然后，你懂了，最好的不见得属于自己，最适合的才是该追求的。
就像有人在孟买的民宿比在迪拜的皇宫饭店住得舒服；有人宁愿待在东京地下街买各类的猫狗布娃娃，说什么都不去赞比亚看真正的动物迁徙；就如情爱的悬念，王子不一定娶美人，公主有时会配青蛙。

你永远无法定义最好。但适合自己的，练习几次就会懂。
很多人都说，青春时多谈恋爱，才晓得谁是你的真命天子。
同样的，我也觉得年轻时多旅行，当你受不了舟车劳顿时，才会明白何处可以轻松落脚，何处是你甘心受苦也要走一回。
爱情与旅行是一个样……
你可以不停地流浪，踏遍陌生的国土，也能爱上一个城市，去一千次一万次，甚至留在那里，再也不离开。
唯一的差别是，漏掉的城市，不管多久，一张机票就能解决。
错过的人，若不及时回头，却没有任何航班能载你去弥补……这是爱情的决绝之处。

想起错过的人了吗？

别想了……快打电话给他，买两张机票，或许你们遗漏的城市，那里，会有答案……

CONTENTS

Love
×
Voyage

序章
Bye-bye旧金山大桥

初恋的女孩在我十八岁的秋天移民美国。

在那个计算机不发达、没有手机，还有兵役法规定退伍前男生不能出国的年代，爱人跑到美国去，跟发射到月球的意义是一样的……
虽然年轻的我仍坚信着，总有些事情可以超越时空，有些承诺能够直到永远，但是距离对感情的杀伤力，超过十几岁的人能考虑的范围。
属于热恋期被拆散的小鸳鸯，爱得不得了，也痛得不得了，初期两地相思得非常辛苦，唯一能倚靠的就是两个礼拜来一次的信，跟非常不固定且稀少的电话，加上他们全家刚到美国，还没进入柴米油盐的日子，每天游山玩水。

我这厢相思跟她初到异地的兴奋一样多。

于是我第一封收到的信，里面附的照片便是她在旧金山金门大桥前拍的，穿着七分裤和我没见过的新毛衣，就站在橘色的、1937年完工的、游客如织的、震惊全世界号称建筑奇迹的大桥前，浅浅地笑着……
她像个游客般浅笑着，没有预期的，不像分离恋人般带着伤心的笑，我看着照片不觉得亲切，反而感到她更远了。
起码对一个困在海产店上分租雅房、接一通电话要跑四层楼梯并穿过八桌划拳的客人，初尝失恋滋味的十八岁穷小子的解读，是如此。
这张二十几年前3×5的照片，随时展开都像电影院的荧幕那么大，即便是用最基本的傻瓜相机拍的，在我眼里的分辨率，也鲜明得不输现在市面上任何一台单眼镜头的细腻。
这是记忆吊诡之处，它自己会选择下载的部分。

有些你想不起，有些却怎样也忘不了。

相隔十年，二十八岁的我终于踏上美国，跟朋友顺着5号公路从温哥华一路开车，西雅图、奥勒冈、洛杉矶一直到旧金山……到的那天刚好是情人节。
那时，跟初恋女孩，各自有了新的对象，彼此都成为人生中某个接近装饰性的记号，所谓海誓山盟也只是代表着曾经的纯真，早已分不清是儿时戏言还是勇敢，那些高挂在时间长廊的青春背后的铆钉，腐锈的、脆弱的、经不起一丁点的现实……

原本的我是这么想着，但没想到有些事情长了根，不需要钉子的固定。

“我们先去渔人码头吃螃蟹，然后去市区一家超有名的餐馆，晚上再到五十楼听爵士乐，最后去山上看海湾的夜景……”已经对美西熟门熟路的朋友，一到旧金山就兴奋地说着。
“我想去旧金山金门大桥……”我打断他说。
“不要啦！！时间不够，那里都是观光客在拍照，很无聊……”他马上回我。

“我、要、去、旧、金、山、大、桥。”我很肯定地又说了一次。

从小一起长大的朋友了解我，没再多话，方向盘一转就往金门大桥开，沿路上我的话变少了，他没多问，大概也知道原因，那段辛苦的初恋，他始终扮演着倾听者。

金门大桥上风很大，但吹不走脑子里的记忆，一下车，我很快就找到女孩照片上的位置。
“帮我拍一张吧！”我微笑地面对着镜头，在她当初的地点，仿佛看得见那位十八岁少年的伤心。

我听到快门的声音，清脆得像把新剪刀，剪掉了我那段对感情无能为力的失落，那段一直埋在心里的深深遗憾，这里的遗憾应该不只有我，听说从桥搭好至今，已经有一千多人在这里往下跳，我也听见我的遗憾掉落水里的声音……

“走吧！！”拍完照，我说。

“就这样？！我们开那么久……”朋友说。

“对……就这样！”

已经开了将近三千多公里的车子又往市区里开。
我回头，看着橘色的大桥在蓝天下越来越小，心里默默地道别。

“Bye bye！旧金山大桥，bye bye my little girl……”

→ to start

旅行的起点

往往是

因为爱。

Voyage 1

不断“出击”的意大利

翡冷翠的三个陷阱｜残忍，竟是这城市的另一面｜威尼斯的天堂与地狱｜百分之一的成本｜奥黛丽·赫本的山寨版罗马假日

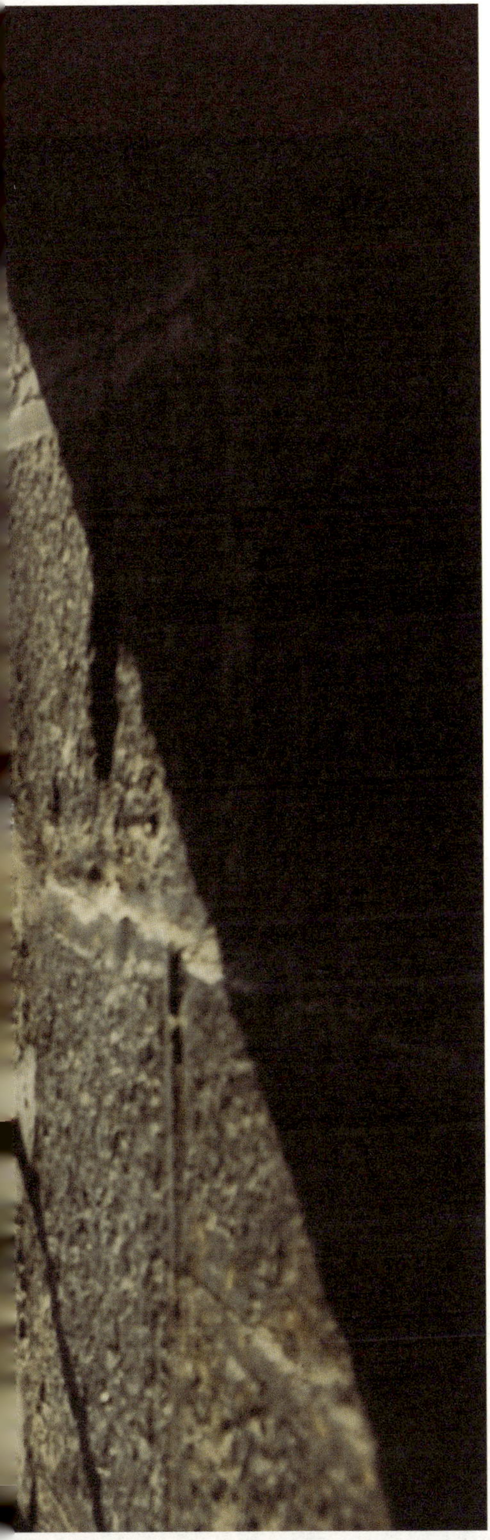

Voyage 1-1

翡冷翠的三个陷阱

或许要怪翡冷翠这个名字太美、托斯卡尼的阳光太诱人、圣母百花大教堂太夺目、GUCCI在此创办的名号太响亮，还是陷阱就该发生在美丽的感觉中，以致我在尽是完美雕像的城市，竟接连犯了多年旅行少见的错误……

佛罗伦萨在18世纪时，曾是意大利的首都，文艺复兴时期，此处富可敌国的罗伦佐家族赞助了如波提切利（注1）等许多的艺术家，在此创作了他们一生中最重要的作品，也造就了这个中部城市特别的文艺气息。

虽然大部分的人称此地是比较接近音译的“佛罗伦萨”，但我更喜欢从中学时期看徐志摩的文章提到的“翡冷翠”这个名字。我一直喜欢民初时候的文字，有种带着读书人见解的气味，这城市真的像是透着温润光泽的玉，“翡冷翠”这个名字好极了，比起佛罗伦萨是不是多了份人情味？不然都照发音的话，曼谷(Bangkok)应该叫作“边卡客”，慕尼黑(Munich)要叫“母逆期”，而旧金山(San Francisco)叫做“三翻西斯狗”，不是更像发音?

总之对翡冷翠是充满着幻想的。

除了这里是意大利四大文艺古都(还有罗马、米兰跟那不勒斯)，旅行书每一本都拍得绝美之外，还有至少一公斤让旅行作家张国立魂萦梦系的佛罗伦萨大牛排，更重要的是传说中让贵妇抓狂的三折、五折起跳的名牌Outlet。

一张一张我在翡冷翠欢乐的照片，在Eurostar行驶在田野间的同时，也在火车的大窗户上交叠着，有我顶着百花教堂圆形天花板的湿壁画的自拍照，有我大口吃着肥油花牛排的美食照，当然还有我拿着各家名牌纸袋的胜利照。

多年前到米兰，看着1月就换季夏装、没有折扣、下不了手的橱窗，就曾问过热衷于在欧洲血拼的朋友，难道在意大利没有便宜可捡？请问我买最新的夏装回去在寒流正旺的家乡街头走秀吗？我们这些不赶流行、贡献意大利精品多年、暖暖内含光（注2）的人，难道在此也没有好的待遇吗?

结果几个朋友异口同声地说：“去佛罗伦萨的Outlet吧！！那里有享用不尽的富贵荣华，而且全天候打折，那里是时尚人士才知道的天堂，去吧！”

虽然多年过去了，除了朋友口中那个偏僻的、要坐火车再转车的PRADA折扣店外，还多了GUCCI集团的THE MALL（注3），佛罗伦萨那享用不尽又有打折的荣华富贵名牌桃花源，像是我脑中烙下的感应条形码，岁月并没有让它失效，当托斯卡纳的阳光一照射，我便会启程去寻找。但万万没想到，那上映在“欧洲之星”火车窗户的完美旅行幻灯片，在第一站就跟预期的不一样，我在描述

佛罗伦萨的伟大艺术背后，其实诉说的都是残忍不堪的故事，即便是圣母百花大教堂《最后的审判》的壁画(上图左上)。在街上要分辨老美跟老欧的方法就是看鞋子，老欧穿皮鞋，老美都穿N牌的球鞋(上图右下)。下为圣母百花教堂对面洗礼堂的黄金门，不管何时都挤了一堆观光客。

盖了一百多年，中间经历过14世纪黑死病的圣母百花大教堂，一百多年后的米开朗基罗自叹盖不出如此美的圆顶建筑。内藏四百多级爬起来累到进退不得的整人阶梯(左)，不可不慎啊。

《最后的审判》的湿壁画下面，没有轻松的笑脸，也许更接近那个画中被巨龙咬住下半身的人的表情。

陷阱一：
让你锻炼到死的圣母百花大教堂

这要从圣母百花大教堂门口的排队讲起，拜MOOK杂志的好心惠赐，我得到的近十本有关意大利的旅行参考书，好几本都提到教堂门口会有排队，然后可以到教堂顶参观，有四百多级的楼梯……就这样……就这样喔……那四百多级楼梯像是个飘渺的形容词，谁知道有多高，没有一本提到爬上去是哪种景况，也没人提到“累”这个字，这……这是个天大的陷阱。

在前有去者后有追兵的情况下，爬上几乎很难错身的圆形回旋梯，头昏不说，体力差的人真会喘不过气，因为你不知道还有多长，那种精神压力很大，尤其后面若是外国人，更不能漏气啊！怎么能让龙的传人被笑体力差？拼了命也不能请他们先走啊！结果就是脸色发白，老命快去了一半，真是“妈妈咪呀”！

在这里郑重呼吁一下，要去圣母百花大教堂的同胞起码要有个心理准备，有幽闭恐惧症的人在一楼抬头看看就好，别逞强花三百台币练身体，若你仍然要试试，爬不上去的时候请记得说：“Dozo、阿里阿多！”把体力不好的形象赖给爱去意大利的日本人，别让中国人民因为你背负体力不好的形象。

陷阱二：
不讲英文的店要注意

可能就是爬圣母百花大教堂爬得头昏眼花，沿着Via dei calzaiuoli到乌菲兹美

在欧洲旅行，火车是方便但价格很不友善的交通工具，记得办young person card省点钱(右上)。到THE MALL沿途的托斯卡纳乡间风景(右下)。

术馆的途中，才会脑筋不清楚地遇到第二个陷阱。有个说法是有个法国人司汤达看完百花教堂精美无比又繁密的壁饰绘图，竟双脚无力站不起来，后来看完百花教堂有这种症状的都叫“司汤达症”，哪知我们没有司汤达症，却得了“吃东西不问价钱症”，这病对身在意大利的你的荷包来说是很危险的，相信有很多人听过在意大利被扒、被抢，但很少听过他们也会削凯子。

冰激凌球在意大利就像在泰国的椰子水一样，到处都有，价钱大同小异，在这条精品店林立的街道，其实很难跟落后国家粗糙的削钱手法联想在一起。故事很简单，我们挑了一家叫Very Good（非常好）的店，板子上的意大利文看起来就像一球冰激凌卖两欧元、两球三欧元(但我不确定写的是啥)，我们点了两球巧克力口味，像往常一样，一拿到冰激凌，本能地舌头就伸过去在球上游移了。

正要赞美意大利冰激凌好吃的时候，又是一个“妈妈咪呀”！我们竟吃了两球要价十八欧元的冰激凌！！！真夭寿，这可是买了带走，不是那种精美店面、有服务、用玻璃杯装的冰激凌，要我们一千块新台币。

严格说来这也不算陷阱，没问价钱就给人家舔下去，只能任人宰割，不然你要他舔回来吗？但回想起来，那个店员始终不讲英文是非常可疑的，尤其这里是观光重地，几乎没有不会讲英文的服务人员。

这个情况我在罗马又碰到一次，也是不问价钱，有一个叽里呱啦讲方言的人，然后吃了一顿快两千元新台币的自助餐，菜单如下：一杯难喝的咖啡和红茶、两片鸡肉跟几条烂章鱼脚……我只能含泪奉劝，在意大利吃东西前，遇见“落”了一堆意大利话的店员时，千万要问价钱啊！

FIRENZE S.M.N.
11
10

我一直以为我爱的人会在原地好好地等着，但生命轮转的力道，不会理会你的遗憾。

陷阱三：
包车到Outlet买打折品的俗气惩罚

由于我的翡冷翠之旅时间实在过于短暂(只有一天一夜)，看完乌菲兹美术馆数不清的宗教画像，和已经分不清楚是大卫、凯撒，还是酒神的雕像后，我们决定让自己俗气那一面的灵魂得到救赎，也因为根本无法再花时间去火车站再转车去名牌Outlet，我等一班丧心病狂想放纵的人，竟想出包车去的对策，车资来回一百二十欧元，司机还可以等你两小时，我们的如意算盘是一人只要省三十欧元就回本了，还能看到真正托斯卡纳的乡间景色。

原来这才是翡冷翠最大的陷阱，先不算我们花的钱，车程来回隔绝了这个千里迢迢来到的城市。三个小时，别说高速公路上没啥托斯卡纳的乡间朴实风光，就算有，四个人中有三个人在车上睡着，“梦见”托斯卡纳的可能性还大一点。

至于那多年前朋友口中划算得不得了的折扣，不知是我去的THE MALL有问题，还是事过境迁、景物已非，在打折季的一二月，不但比市区的本店折扣还少，样式尺码还不齐，看着某些店员活脱是台湾大卖场柜台的嘴脸，跟一群捡便宜的人排队结账时，买件内裤要等十分钟，你会懊悔何不在市区那间全世界最经典的GUCCI旗舰店优雅地购物，转个弯就可以在有六十年历史的冰激凌店享受午后的阳光。

或许，买精品买得如此狼狈，算是对你俗气灵魂的惩罚。

幸亏佛罗伦萨大牛排(Bistecca alla fiorntina)没让人失望，果然名不虚传，半生的牛肉在盘子内没有一点血水，肉质嫩又甜，难怪作家张国立赞不绝口，我们去的店便是他推荐的，在海神喷泉不远处的喷泉餐厅(Ristorante le fonticine)。

佛罗伦萨大牛排 Le Fonticine

Add: Via Nazionale 79r, Firenze, Italia 39. 055. 28 21 06
午餐：12:00 ~ 14:30
晚餐：19:00 ~ 22:00
周日及周一休息
http://www.lefonticine.com/index.htm

老张推荐五十年老店的牛排餐厅，小老板会亲自帮你切牛排来一段桌边服务（上），这样一块肉香四溢的大牛排只要约台币六七百元(下图左上)，便宜又好喝的自家餐酒(下图右上)也是名不虚传。

热情的餐厅二代说他有记忆以来便在切牛排，最喜欢的意大利城市还是翡冷翠，这真得对牛排要有足够的信仰，若是我切了一辈子牛排，我会恨那个城市。

这家祖母留下来的五十年老店，他和爸妈早晚轮班一起经营，我去的时候刚好父子要交班，两人一前一后招呼每桌客人，很像台湾那种典型的全家努力的家庭，老爸爸兴致来了拿出私藏的甜酒招待大家，热情得可爱，完全抹去了我们对前述的那家“Very夭寿”冰激凌店的烂印象。

老板交过东方女友，一直说等他退休时，要到台湾玩，因为听说台湾是个很棒的地方，我看着白发苍苍还在店里招呼客人的老爸爸，很怀疑他有到台湾的一天，不过我想他来的时候，也会觉得台湾有很多陷阱。

我说了，因为所谓的陷阱大多发生在美丽的感觉中。

由衷地希望他也因为台湾的美丽而忘记了旅行应有的防备，如同我对翡冷翠一般，希望那天快点来，希望他来，也希望台湾真的有一天那么美。

（注1）波提切利(Sandro Botticelli)，文艺复兴时期佛罗伦萨知名的画家，其著名画作《维纳斯的诞生》(*The Birth of Venus*)，为最具代表性的维纳斯画作。

（注2）一部美国电影的片名，又译作“美丽心灵的永恒阳光”。

（注3）佛罗伦萨的名牌折扣店最为著名的有两家，一家是PRADA集团的Outlet，里面有Jil Sander、miumiu等品牌，另外便是新开的GUCCI集团的THE MALL，到火车站附近搭巴士或开车皆可到达。

残忍，竟是这城市的另一面

《佛罗伦萨的恶魔》中说，每个伟大的城市都有一个杀人魔。

这是一本关于佛罗伦萨从20世纪70年代开始横跨十余年的连续杀人案件小说，有的人可能知道电影《汉尼拔》的取材场景正是本地，但我相信更多的人不晓得，原来戏中的杀人魔是真有其人，而且当时在整个意大利是极为轰动的社会新闻。

但我不是要讨论这件十四条人命的悬案，或者汉尼拔是否如戏中般睿智且优雅，而是作者开头描述种种佛罗伦萨的残忍历史，简直是此座城市的绝佳导读，会让你在品味这个地方的时候，有一种原来如此的了然。

但这些伟大或不堪的事迹，早随着时光而杳然，大家已遗忘或根本无从得知，旅人慕名而来的是闪着托斯卡纳阳光的小山丘，在美术课本里要背诵的艺术品。

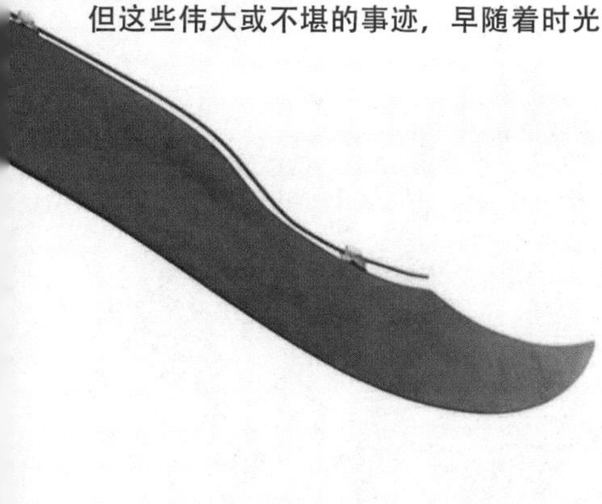

基本上，佛罗伦萨就是个建立在艺术品上的世界遗迹，作为一个影响全欧洲的文艺复兴发源地，它的宫殿教堂美术馆之多，雕像画像收藏之丰富，其实远远超过一个“平凡观光客”所能承受的，或者说像我这种平凡的观光客所能承受的……

对此我有个“小鸟理论”来打比方，譬如女生都有买衣服的经验，精品店货物数量少，几分钟就能看完，平价店货物相对多，全挤在旁边的杆子上，一眼很难做选择，但我们还可以从假人模特身上那几件的风格来决定要不要进去，好！现在问题来了，假设你不知道这是精品店还是平价店？而全部的衣服都穿在假人身上、全都陈列在楼梯间……

你到底要看还是不看？

我怎么知道哪个我买得起？哪个是这家店的风格？

观光客就像是要猎食小鸟群的老鹰，被它们为数众多的欺敌策略给弄混了，最后一只都吃不到。

所以回到佛罗伦萨，回到乌菲兹美术馆、领主广场、碧缇宫、迪卡里宫……

学过基础素描的人到领主广场会有一份亲切感，因为雕像都是你画过的(上)，阿诺河畔老桥是二战少数没被摧毁的古迹，也是游客必到的景点(下)。

若照旅行书上介绍的什么宫、什么广场、什么美术馆都要去，那里陈列的雕像，光一层楼随便都有几百尊，我这种上了基础素描课，拿炭笔眯眼睛画过大卫像的人都晕了！

我真的相信若非对艺术严重沉迷的人，实在很难消受，我强烈建议跟我一样平凡的人，不用每一间都要走，不如在领主广场边拉张椅子或席地而坐，晒晒这普照着著名的意大利红酒和橄榄的太阳，看着来往的俊男美女，有乐趣多了。

但这里艺术品虽成千上万，有一大部分却有个很特殊的共通性，就是非常强调血淋淋或如地狱般的残酷。不管是拿着凡妮莎人头的大卫像，还是强暴妇女的军人像，甚至但丁所著《神曲》的末日图、血流的细节、被凌迟的痛苦表情……像是恐怖片里才会出现的画面，就在人来人往的广场中央陈列着（注1）。

就像我提到的这座城市的历史，造成它的残忍的，无论是财富还是宗教势力（注2），佛罗伦萨刚好就处于这极易发生杀戮的中心，也难怪看了几百座的雕像都围绕在此种隐藏的情绪里，艺术家都把自己看到的景象化为作品，是个提醒，抑或是发泄？只有作者自己知道。

穿过美术馆，走到佛罗伦萨的地标“老桥”，这个古罗马时代就盖起的通道，优美地矗立在河道的最窄处，在它脚底，看似平静的阿诺河，都曾在1944年二战期间，漂流过无数军人的尸体。

这是号称世界最美丽城市之一的伤痛过往，如今全被炫目的建筑和名号掩盖掉了。

世界上有一处是没有发生过杀戮的净土吗？
应该没有……人类的嗜血贪心是不分环境的。

但像佛罗伦萨那样有那么多残忍标志的地方， 所剩无几……

（注1）14世纪末宗教狂热分子萨沃纳格拉被铐在广场的十字架上吊死后焚烧尸体，大火燃烧数小时后，尸体被切碎丢入烧红的树枝，混合均匀防止遗体被拿来膜拜，最后骨灰被倒入阿诺河内。

（注2）这里曾经是全欧洲最富裕的地方，有钱到可以跟当时的皇帝抗衡，还发行过自己的金弗罗林(fiorino)，也曾是奉行最激烈的天主教的区域，铲除异教的手法让人毛骨悚然。

佛罗伦萨 GUCCI Outlet: THE MALL

在佛罗伦萨两家最有名的Outlet中，GUCCI集团的Outlet“THE MALL”能供应的品牌颇为齐全，这个过季店以能提供各类高级名牌为许多东方旅游客所称道，也是国外Outlet的讨论区上的热门话题，有超过90个牌子，包括：Agnona、Alexander McQueen、Balenciaga、Bottega Veneta、Emanuel Ungaro、Ermenegildo Zegna、Yohji Yamamoto、Y-3 e Yves Saint Laurent、Emilio Pucci等。

从佛罗伦萨开车要花约四十五分钟路程的THE MALL，商品种类繁多，货量也不少，但会不会遇到好货或真的便宜到爆的顶级商品，则要看运气。运气好的话有可能找到只要三十欧的GUCCI高跟凉鞋、十五欧的GUCCI皮夹；但如果运气不好，去的时候只有零零落落的商品货架，或折扣与当季店不相上下，这有可能就是前一个日本团刚扫完货的惨状。

不管怎么说，Outlet还是旅游客的最爱，虽然是过季品，但可以以超便宜的价格买到超高质量的衣服、鞋子及包包，绝对会让人相当开心。

Add: Via Europa 8, 50060 Leccio Reggello, Florence
Tel:(39) 055 8657 775
http://www.themall.it/

★怎么去THE MALL：
Option 1 出租车：从Firenze SMN火车站搭乘火车到Rignano Sull'Arno站，转乘出租车。

Option 2 公交车：到了Firenze SMN火车站，请走面向月台左边的出口。出了火车站，走斑马线到对面，往左转顺着路走下去约两三分钟，转角有一家bar，然后右转就可看到Sita公车站。搭乘往Leccio经THE MALL的公交车(跟售票员说要去THE MALL，他就知道了)，单程票约三四欧元，也可先买好来回。搭车通常都是第十月台(建议再跟售票员确认)。车程不到一小时即可抵达。(THE MALL早上10点开门)

回程的站牌跟下车的地方不太一样，建议下车前问一下司机，因为有时会在下车的地方，有时候是在ENERGIE对面的公车站牌。

★其他在佛罗伦萨的Outlet：

★D&G Outlet

Add: Localita S. Maria Meddalena 49 Incisa Valdarno

（从THE MALL前往需约两分钟。）

★Fendi Outlet

Add: Via Pian dell'Isola, 66/33 50067 Rignano Sull'Arno

（从Dolce & Gabbana Spaccio前往需约2分钟。）

★PRADA Outlet (SPACE)

品牌：HELMUT LANG、MIU MIU、PRADA SPORT、JIL SANDER等PRADA集团的商品。

Add: Localita Levanella, 69 Montevarchi

（佛罗伦萨SMN火车站乘火车前往Montesvarchi站。车程约1小时，再转出租车约十分钟可达。记得跟出租车司机约回程的时间，因为PRADA Outlet在比较偏远的地方，很少有出租车经过。）

Voyage 1-3

威尼斯的
天堂与地狱

这些水上出租车(右上)是引领你进入威尼斯魔幻世界的主要交通工具。见证13世纪威尼斯占领君士坦丁堡的辉煌战利品的4匹铜马，真品在教堂内，户外摆着的是复制品(右下)。

站在错综复杂的小桥上太久，维尔瓦第的《四季》协奏曲之《冬》蜿蜒的音符，便不自主地如配乐似的在脑中响起，像是能看到两百多年前他为了某段不被祝福的爱情，或躲避瘟疫的某个决定，奔跑在这落着雪的小道中……

在弯弯折折的巷弄里迷路，莎士比亚的《奥塞罗》的场景布幕，倏忽地降在眼前——去对抗土耳其军队的奥塞罗，不就在此被狄亚哥安排在隔壁的小巷里，偷听泰丝梦娜的对话而引发不可收拾的妒火……

威尼斯太特别……

一个建筑在潟湖沙洲之上的城市，每个角落都镶着历史与故事，让人很难不去联想记忆里的精彩情节。

毕竟，这儿曾经是海军兵工厂的重镇，是中古世纪最繁华的商业都市，也是文艺复兴时期最纸醉金迷的不夜城，甚至还曾是因为黑死病死了1/3公民的死城，水都曾是天堂，也是地狱。

几年前就想来探访。

但害怕有一堆游客的拥挤，怕那过度被观光气氛笼罩的俗艳，怕这里需要爱情去支撑才显出它的美，而我恰巧都在一个人时，有机会跟这个城市交错。于是，每每兴起念头又取消，没想到我还是在单身的冬季跑到威尼斯，随着对岸的同胞穿梭在挂满Made in China面具的商店里，闪避着东方脸孔出现在我的相机窗口内，虽然这里一如我预期的恐惧都发生了。

不过……我想我是错了。

威尼斯除了东西贵又不好吃的传言经过我心痛地证实之外，其余的旅游担忧非常多余，即便我们“龙的传人”很喜欢穿着大红大绿大黄的外套游大街，在偏爱灰色调打扮的欧洲人群景点里有点儿突

Bauer Hotel还保留着水都老饭店的传统，有提供旅客下船后直接进入的入口，饭店门口就是贡多拉游船的一站，非常方便。

兀，仍无损这位亚德里亚皇后的优雅。水都就是那种拿着相机怎么拍怎么美的地方，像瑞士的山、像马尔代夫的海……很容易就望着前方赞叹，从而失了神。

最适合告白的老饭店

Bauer Hotel就在这个怎么拍怎么美的城市的运河旁，几经整修后，成为威尼斯市区饭店的首选之一。没到过威尼斯的人并不了解，基本上观光客指的威尼斯就是一整块建在沙洲上的古城，绝大部分的建筑都是古迹，居住在此的居民其实已经很少了，大多数真正的居民都住在这块沙洲之外，进出都要靠船，而我所谓的市区便是这块沙洲以圣马可教堂衍生出去的中心点。

其实不只居民，大部分的观光团也都住在沙洲外，因为这里的饭店不是很贵就是很小，并不适合一堆人的进出，所以绝大多数的观光团都是天亮来、天黑走。也是由于这样的因素，一到下午6点左右，最后一团观光客离开，闹哄哄的空气像是被接驳船顺带抽走，古老的城市顿时一片寂静。

配合着2月的气候，水都就回到了印象中萧瑟慵懒的欧洲氛围，三三两两缩在围巾里的游客，在微弱的街灯下，被暗蓝色的天空衬托得更暗的老房子巷道内错身，这……这简直比爱情电影里的场景更加唯美，完全不需要打灯光营造气氛，我说若带心仪的对象来此，还不成功！那就是你没去住Bauer Hotel，才可能功亏一篑！

为什么是Bauer Hotel？！别急，解释给你听……

这家巴洛克式外观的饭店1880年就在这里营业了，顺带一提，在威尼斯很少不是古迹的建筑，而且此地两百多年来几无改变，所以听说连第一次世界大战以前的导览书都还能用，或许如此，饭店

杀价吧！巷内人！

贡多拉（Gondola）和面具这两样东西，某个程度上已经成为威尼斯的表征，也是威尼斯人大赚观光财的好工具！

贡多拉已经有一千多年的历史，16世纪之前贵族通常会用丝绸和雕刻品五颜六色地装饰自己的贡多拉，以显示财富，后来威尼斯元老院为打击歪风，下令一律将船身漆成黑色，沿用至今。一般来说五十分钟的航程约六十欧元，通常会开到八十欧元让你杀。搭船的地方也有学问，S. Zaccaria渡船口搭船可以很快转进叹息桥下，路线比较精华。

每个人都想带回家的威尼斯面具也暗藏玄机，当地手工制或中国代工制，价格差距非常大，基本上你在观光景点看到摊贩所贩卖的面具，百分之百都是Made in China的便宜货，可别花大钱买。想买有特色的传统手工面具，请记得多打听，多做功课，找有信誉的店家。

也就维持古老的入住方式，以前的人要坐摇橹到威尼斯内，所以饭店也就留个门口给水道，让客人多个选择，可以从水上直接check in，这个特别吧！这招对女朋友有用吧！男性朋友可以想象她们在运河上鬼叫的样子吧！

除了房间的陈设活脱是哪部电影里贵族的卧室，浴室铺满意大利卡拉拉大理石的瓷砖之外，连保险箱的钥匙都是老式风格，想使用必须先跟柜台讲，然后服务生会打开一个挂满老钥匙的柜子拿给你，你不提他也就不会给你。本来还想服务真不积极，我进房试了试，才晓得这根本是防君子不防小人，上百年的保险箱还真不保险。

但我想女朋友还是会兴奋地说："好有feel喔！"请注意，我讲的是年纪小的美眉，熟女不会说"feel"这个词，熟女会吐槽说这又不能用，你拿到楼下放柜台啦！然后把她的卸妆油、化妆保养品放满整个古典的台子。算了！不讲我最爱的熟女，我继续分析……

饭店对面就是最著名的商店街，到圣马可广场只要两分钟的路程，几乎可以说是市中心的中心，通常如此便利的饭店，在经验里，都是很新的饭店，便利十足却少了点人情味，但这种古城里，你就可以兼具两种乐趣，既可以感受时空的转换，又能节省脚力。

一面能跟历史对话，另一面可以跟精品店的店员吹牛……你说爱逛街的女生们，会不会给你个拥抱谢谢你！

十秒内可以去BVLGARI挑袋子，打开另一扇窗就是潟湖风光，往下看有划着贡多拉的船夫跟你打招呼，如果这么贴心还拒绝你？这是不是没道理？

但是若要带鸡蛋里挑骨头的女友去告白，请注意，老饭店的问题还是存在的啦，床永远是歪的，空调永远太冷或太

有一百多年历史的饭店有一种理所当然的经典，尤其是钥匙很大一支却无法防盗的保险箱（上图左上），挂着房间号码的老旧窗框（上图右下），当然房间的壁纸、家具和物品，都带着旧时代欧洲贵族的气氛（上图左下、右上），在这样的浴室洗澡感觉有欧洲贵族的FEEL(下）。

热，澡缸的水满出来永远会淹水……对这些事情无法容忍的人，还是劝你离这些古迹饭店远一些！

不过，我还是认为那些并不重要。

这儿是威尼斯，你有暗蓝色的天空，有莎士比亚，有维瓦尔第……还会谁理会那些庸俗的事呢？

<u>剩下的就是女友品位的问题了……</u>

Voyage 1-4

百分之一的成本

威尼斯的商店，疑似游船停泊的入口(上)，不管能不能用，都达到吸引人潮的效果。河边的橱窗也漂亮得惊人，这是艺廊的入口(下)。

台湾人很喜欢把内行的人称为巷内人。这句话我认为更适合威尼斯。

这里一条大马路都没有，每条都是巷子，所以当地人统统都是巷内人，而且一巷还有一巷，巷巷相连到海边，我们这种观光客到了威尼斯，走着走着就会迷路，大概也因为一脸迷惑的样子，在巷内人眼中，外地人基本上如同容易迷路的钞票。

最明显的就反映在这里的饮食上。

威尼斯卖着五百元新台币一球的冰激凌，许多游客都略有所闻，经本人实地探访，应是在面具节时小贩们哄抬价格所造成，平常时刻没那么夸张，大概一球两百元台币，滋味不赖，但肯定没有比台湾便利商店的冰品区三十元一盒的冰激凌好吃十倍。

嫌贵?

拜托，这里是快要沉没的古都，过几年想吃都吃不到!

其实这里的算法不难学，冰激凌本钱是一球两元，另外一百九十八元是威尼斯的美，懂了吗? Made in China的面具一千元台币，成本十元，威尼斯的美九百九十元，以此类推，反正99%的成本都是无形的，是历史，是感动……不了解的话，请看一些书和歌剧再来，否则会一路卡在价格的推敲里，忘了欣赏风景。

况且这里没有便利商店，就算有，应该也会被其他商家强迫关闭，谁准你破坏平衡?

观光客价格已是巷内人的默契，毕竟，此处的居民实在太少，不宰你难道宰巷内同胞? 经历了一片八百元的比萨、一杯三百元的外带式咖啡和一杯一百元的可乐后，我快习惯只要脑中传达进食的讯息，就表示要被躲在某处的巷内人砍一刀的惯性，以为人间无情顶多如此时……没想到……万万没想到……误判有威尼斯价格抗体的我，还是在一条暗巷中的暗巷，遭到最阴狠的一大刀，我仓惶地买单，脚步不稳地推开大门，踉跄地，扶着有几百年历史的古墙，大口吸着沙洲的冷冽，走了几步，终究我的乐观因为血流不止，断气在巷内……

生前回忆片段如下：

请饭店推荐一间具有威尼斯风味的地道餐厅，柜台人员说只能预约7点，无法提早是因为意大利人餐厅莫名其妙的规矩，模糊……

按图索骥找到俄罗斯黑道风格的海鲜餐厅，等待带位时，假装自己是黑道跟友人拍了一张看报纸的无聊照片，然后进入餐厅，位置很小又很挤，模糊……
有一个放冰块陈列海鲜的台子，厕所也很小……模糊……

桌上菜单的价格是欧元计价还是美元计价，写得不是太清楚，防备心增加，但是朋友新女友随行，不便问得太清楚，一番讨论大家都不是太饿，同意点少一些，防备心稍降……模糊……

点菜的人是典型的意大利服务生，有点年纪，笑容促狭，头发梳得油亮。看了菜单后点了两瓶气泡矿泉水、四杯house wine、西红柿鸡肉面一盘、淡菜一碗、海鲜拼盘一份……但不确定海鲜拼盘除了虾子以外的食材，因为英文单词认识不足……模糊……

7点半全餐厅位置几乎坐满，淡菜上桌，味道尚可，新鲜度过关，喝了半杯红酒，觉得生意那么好，应该是个不错的选择，防备心骤降……模糊……

10点钟方向有一对东方脸孔的熟龄情侣，讲英文，分析是香港人，点了好多

虽然餐厅有气氛绝佳的户外café 区(上)，但在威尼斯吃饭价格仍是不可承受之痛，一片比萨要6.5欧元(下图左上)。晚餐的海鲜餐厅又敲了我一大笔，食材看起来跟台湾的海产店没太大差别(下图左下)，吃起来味道普通的西红柿鸡肉意大利面(下图右上)，一顿饭吃下来削了我们一万六千台币！

HOTEL

威尼斯什么都贵，最便宜的就是古城巷弄内浑然天成的美景(上图左下、上图右下)，圣马可教堂(下图、上图右上)源自8世纪威尼斯商人迎来使徒圣马可的遗骸，一直到今天，教堂与其象征的翼狮(上图左上)都成为威尼斯的标志，连威尼斯影展也沿用至今。

菜，应该是不伦，男生献殷勤的笑容绝非老夫老妻，左边墙面挂着一把巨型的古董步枪当装饰，《好大一把枪》的电影翻译片名笑话在脑中环绕不散，西红柿鸡肉面味道还好而已……模糊……

期待的海鲜盘出现，盘子不大，但是料理看起来还是很少，完全跟台湾想象的豪华海鲜盘有落差，这在板桥一带的海产店里会被当成前菜，尤其是乌贼，应该是侏儒品种，有种不妙的感觉……模糊……

用餐完毕，众人评分平均七十分，本来不饿，吃完有更饿的感觉……模糊……

结账，等了十分钟，一看账单，问了一下是欧元计价，加上15%的税，换算成台币是……模糊加上闪光……

耳鸣，眼前满是鲜红色，确定被捅了一刀，深可见骨，刺痛感强烈，画面由模糊转黑……

女生走在前面，我与友人互相搀扶，脚步不稳地推开大门，踉跄地，扶着有几百年历史的古墙，大口吸着沙洲的冷冽，走了几步。价格是台币一万六千多元。

算起来，比花生大一点的侏儒乌贼，一只应该要六十元吧！

我记得最后的画面，我倒在面具店橱窗边，里面挂着瘟疫时传教士戴的鸟嘴面具……像是点醒我，威尼斯巷内人的逆袭是某种瘟疫。

P.S. 威尼斯最合理的价格都出现在名牌精品店里，连折扣都没有马虎。其他的，请忘记合理二字。

IL PALAZZO at the Bauer

同是属于Bauer Hotel下的五星级酒店，IL PALAZZO比起其他几家位于威尼斯的Bauer Hotel系列的酒店，是其中较令人印象深刻的。位于圣马可广场西边的方便位置，华丽的私人船坞，硬是让这间饭店赢了其他系列饭店一段距离。

其中最让人感到惊艳的私人船坞，这在威尼斯是相当普通的，直接从车站旁的码头接到客人，坐上Hotel的水上出租车，直奔饭店的私人船坞check in；一到夜晚，除了面对陆地的气派大门，在圣马可广场旁的美丽运河上，擦得亮晶晶又具古典风情的私人水上接送Taxi，停泊在灯光通明的美丽船坞旁，各国住客衣香鬓影入住的景况，太美好了。

这间饭店虽老，但由于曾翻修过，新旧合一的装饰以及家具，也保留不少原来的古典气质。旧式的装潢，不知道经过多少年的磨损可还是华丽的长廊与detail，搭配上昏黄的灯光，只能说这就是威尼斯的贵族风情，Bauer Hotel系列旅馆曾当选过全世界十大浪漫旅馆，带着恋人在这里住宿，别有一番风味。

说到Bauer Hotel旗下的几间酒店，在威尼斯可是赫赫有名，跟IL PALAZZO同属姐妹Hotel的还有L'Hotel、PALLADIO、CASANOVA与PALAZZO MOCENIGO，分别坐落在威尼斯不同区域及附近另一个小岛上，提供不同需求的住客另一种享受。有古典五星级饭店、有专给family或是long-stay住客的饭店式公寓或小房，当然还有专门给名人及王公贵族们入住，也可举办大型party的皇宫庄园式建筑，总之你要多豪奢、活得多像意大利的贵族，Bauer Hotel都可以让你梦想成真。

Add: Bauer Il Palazzo – Venezia
San Marco 1413/d, 30124
Venice, Italy
Tel: (39) 041 520 7022
Fax: (39) 041 520 7557
Email: booking@bauervenezia.it
http://www.ilpalazzovenezia.com/

Voyage 1-5

奥黛丽·赫本的山寨版罗马假日

《罗马假日》在1953年放映后，让奥黛丽·赫本拿到一座奥斯卡金像奖，从此让世人对罗马的印象停留在半个世纪前，当然，也让远在几万英里外的后辈的我，在预订饭店时起了化学作用……

“这一家Haussler饭店看起来挺不错！”我的旅游领航员与我已有多年默契，总是先帮我搜寻异乡落脚处的人美心好的Miss Chang拿着资料说。

“在哪里？”

“就在西班牙广场的旁边。”

“西班牙广场？？！！应该蛮贵的吧！”不就是电影《天才雷普利》中裘德洛等人出没的地方吗？那站满了型男型女的逛街约会圣地就在旁边？市中心的五星级饭店，我想价钱应该不是太亲切。

“嗯……不便宜，而且饭店跟我说，这是奥黛丽·赫本去罗马一定会住的地方，自从拍了《罗马假日》以后……那是什么片啊？”72年生的Miss Chang跟《罗马假日》的距离，就像七十二岁伯伯跟《变形金刚》一样远，我懒得回答她。

但奥黛丽·赫本这几个字已经足够让我晕眩。她到罗马的第一个选择，不正是本人去罗马的第一个选择吗？

虽然我自己是做娱乐幕后工作的，知道荧幕前的种种多是假象，但奥黛丽·赫本代表的不是一个人，她是一个时代的优雅，跟她真实的人生已无太大的关联，那是一个美好年代所有人希望的美好投射，我追随的是那个部分。

“是有多贵啦……”

“贵到你回来会一直碎碎念！”她看出

梵蒂冈是位于罗马城内全世界最小的国家，却有着最伟大的观光资源，随处可见的圆顶教堂(上)、著名的真理之泉(下图右上)、《天使与魔鬼》中主教被淹死的喷泉(下图左下)，游客如织的西班牙广场近年来因为观光警察增加，比以前安全多了(下图右下)。

饭店阳台看出去的景观(上)，广场旁你想象得到的精品店这里都有(右下)。

我要买单的眼神。

“拼了！！”我心里在滴血，但想到这辈子也许只会去罗马这么一次，牙一咬就豪气起来了。

所以说，做媒体的、拍电影的、写小说的……做事一定要凭良心，他们的作品，哪怕是一个镜头、一句话，往往都会牵动着半个世纪、半个地球外的人的决定，我就是个最好的例子，花钱事小，有时被影响的是整个人生，可就不妙。

这是我站在Haussler Villa Medici饭店六楼的阳台上，望着大半片罗马市区景观时的良心自省，我认为奥黛丽·赫本蛮有良心的，果然是间好饭店！

这间大概从18、19世纪就屹立在此的历史建筑，本身就是个景点，我说它“在西班牙广场旁”的意思就是“真的在旁边”，你可以说它根本是连着广场，中间没有间隔任何的建筑，离罗马最负盛名的名店街几乎不到五百米；但对于抱着到罗马买意大利精品的心态的人，我由衷建议你不要选择此处，刷爆卡的几率极高，因为实在太方便买了。

幸亏他有个将近十层楼高的阶梯，在名店街跟饭店的中间，阻断了许多购买欲，那看似宽广的弧形阶梯，爬两趟会让你有想去脚底按摩的疲惫，否则在打折季节，一双一千八百元台币的CAMPER跟两万元有找零的PRADA基本款皮衣的诱惑，我想很少人不心动……（不是我说，意大利男人爱漂亮的程度，完全可以从服饰店里找到端倪，光一间店的皮衣就有十几种款式；台湾的男人显然不够爱美，才会忍受服饰店一个杆子的皮衣三种款式打死）。

但也因为这十层楼高的落差，让只有六

层楼高的饭店拥有绝佳的视野，无论是远处的教堂还是近处的贝里尼设计的喷水池（俗称破船喷泉）都好像是你窗边附带的一幅画，俯拾可得，即使在阳台上站着发呆，都呆得很爽。

饭店的介绍中，很自豪奥黛丽·赫本每年都会寄卡片谢谢他们，不晓得这是不是个夸张的营销手法，我确定自己是不会写信给他们啦！一个晚上几万块台币的房间费用，连早餐都不附送，没诅咒他们就算客气了。

我想赫本小姐喜欢的应该是随处流露的意大利的恬静与优雅，从饭店内的雕像到服务人员的服装，每个细处都表现得贵气却自然，非常符合她不做作的形象。虽然身处观光的焦点，但一眼望去所有观光客都在距离之外，既可享受游客的欢乐气氛，又不会被干扰，实在是口袋够深的人常常来罗马玩的好选择，像我们这种打肿脸充胖子的人，只能用一辈子去一趟来除以它的价格，才不会在夜里想到账单而痛哭。

但我的罗马假期毕竟是山寨版，有些地方仍不尽如人意，电影里饰演公主的赫本小姐跟派克骑着伟士牌，一天就玩完了真理之口、西班牙广场、台伯河等等景点的浪漫，我本想仿效之，却被当地朋友嘲笑，他说罗马的交通保证你骑到灰头土脸，再者，他问我有没有听过一句话：

“罗马不是一天造成的……”

满街的古迹，想一天玩完，还骑车？别闹了！！

饭店对面的小餐厅，有种华灯初上的味道。

Hassler Villa Medici

(Hotel Hassler Roma)

位于西班牙台阶(Spanish Steps)最顶端的好位置，住在Hassler Villa Medici可以俯视整个西班牙广场，说是罗马最有名的旅馆也不为过，不只是奥黛丽·赫本到罗马的首选，连汤姆·克鲁斯到罗马结婚时，入住的也是这家饭店。

拥有九十五个房间的Hotel Hassler Roma，其中的高档就如你所预期，华丽的大吊灯、19世纪的水晶，装饰内部的古董及艺术品、红色黑色及金色的繁复装饰等，都是昂贵又具历史意义的。Hassler Villa Medici在当地是展现罗马上流社会豪奢生活的指标，也是罗马市中心的地标之一，是王室成员及好莱坞明星的下榻之所。历史上很多名人都在这一带住过，海明威、济慈、拜伦、雪莱、李斯特等等，附近也有昔日作家及音乐家们爱去的知名café，所以虽然现在是观光购物区，以前可是文人雅士所聚集的文化区！

除了名人入住外，在西班牙广场旁的方便位置，到各个著名景点（如：Pantheon、St. Peter's Basilica、Coliseum、Villa Borghese和Fountain of Trevi）都相当方便；不用说，布满意大利名牌的名店街当然也在附近，方便得不得了。虽然在酒店周边吃饭、喝酒都方便，但饭店一样有米其林星级餐厅以及很不赖的bar与spa等等，在这美丽悠久的城市中，要什么有什么，还要求什么呢?

Add:Hotel Hassler Roma
Piazza Trinita dei Monti 6
00187 Rome，Italy
（每晚七百欧元起）
Tel:(39) 06 699340
Fax:(39) 06 6789991
Email:booking@hotelhassler.it

Voyage 2

飘着奶油香味的。微光城市

布鲁塞尔 一天就好

TOM

Voyage 2-1

布鲁塞尔
一天就好

这家卖炸薯条的店在布鲁塞尔非常有人气(右图上)，漫画博物馆外的街景也是漫画(右图下)。

自从比利时人Neuhaus研究出夹心巧克力而大受欢迎之后，甜食战争便在布鲁塞尔爆发了，几个巧克力家族各据一方，谁也不让谁，以致一百多年后的秋末，我站在布鲁塞尔最漂亮的，连英国女王、文豪雨果都赞叹不已的大广场(Grand Square)中心，还是被四周数不清的巧克力招牌搞得眼花缭乱，比起其他的商家，巧克力店规模一家比一家华丽，摆明了一颗一欧元的糖果利润值得延续战火一世纪。

比利时的确是一个十分有旅游吸引力字眼的地方，譬如“米其林餐厅数量胜过法国的欧洲美食天堂”，又譬如“奶油松饼的故乡”、“一百四十多种啤酒的狂饮城市”，或者是“欧洲前卫时尚的根源”、“漫画工业的重镇”，当然还有“拿破仑最伤心绝决之处”。

更别提前述的巧克力，比利时的七十度巧克力，略带酸性的甘甜，根本是上帝发明来诱拐女性同胞的滋味，有人光看到巧克力这几个字就投降了，天空泛着蓝的微光城市，又像美食游乐园的布鲁塞尔，怎能不叫旅人怦然心动。

但是误会了……我想。

就像误会巧克力是比利时人发明的，其实他们只是发明了用巧克力把东西包起来而已。

这些字眼有严重的误导之处，让我这易被文字诱惑的人，二话不说就安排了四天三夜，准备深度拥抱这个传说中的欧洲小国。

我几乎可以想象自己走在四百年前富商互较高下盖出的堂皇的大宅下，豪迈地喝着有蜂蜜、桑葚和这辈子都想象不到的怪味啤酒。随时在街角的商店大口咬下冷热交错的冰激凌松饼，饿了就到鳞次栉比的餐厅吃一锅淡菜，累了就坐在

BELGIAN
FRIT'N TOAST

尿尿小童的出现(左)，是一个雕刻匠纪念走失的小孩被寻获而来的，不远处有尿尿女童，但我已无兴趣再找。满街诸如GODIVA(上)之类的名牌巧克力店，橱窗吸引人之处不输精品店。

画着《丁丁历险记》的墙面下，一口咖啡一口巧克力地欣赏这个唯一在大学有漫画系的国家的漫画笔触……还没还没，等我体力充足了，我要去惊艳巴黎米兰时尚圈的dries van noten、martin margiela挑一件原汁原味的安特卫普风格的衣服，然后穿着它去滑铁卢感受拿破仑在被打败时所看见的景色……

好，问题开始发生了……

我逛遍了布鲁塞尔，有美国的GAP，有法国的LV，有意大利的GUCCI……但就是找不到让比利时扬名立万的牌子，没有dries van noten、martin margiela、marni，连微风广场都有，但欧盟首都布鲁塞尔却没有，莫非是远香近臭？素闻使用3种语言的比利时人各自看对方不顺眼，难道安特卫普的成功，非关布鲁塞尔，这实在太难以理解了。

“请问哪里有dries van noten的店？”好不容易遇到一个店员愿意聊别家的店。

“你要到安特卫普去，这里没有。”他想了一会儿答。

“可是今天是周日，没有店会开门。”又补充道。

“周一开店吗？”我想去试试安特卫普的设计时尚氛围也不赖，不死心地再问。

“开，你到中央车站坐车四十分钟就到了……不过，明天铁路罢工。”

“坐出租车呢？”

“六七百欧元吧。”

我疯了才会搭两万多块新台币出租车，去买一件微风周年庆还有买千送百的臭衣服，我的欧洲前卫时尚的原汁原味梦自此破碎。

有人会说，就算少了比利时六君子(注1)的打扮，还是可以去滑铁卢啊！

CAFE NOVO
CAFE NOVO

L'ATELIER
DE
Michel D
CAFE NOVO
CAFE NOVO
CAFE NOVO
CAFE NOVO

这条竞争激烈的海鲜一条街有五六十家餐厅(右上)，淡菜是当地最热销的主菜，每桌都会来上一盘(左)，每家餐厅都会派出帅哥来拉客，我看到过东方女性差点被亲吻，要小心他们的热情。

话是没错，但倒霉的是2010年欧洲温度创新低，10月就已经快零度，原本带的衣物根本无法御寒，光走在两边都是房子的街道，已冻得脸色发白，遑论到风可以直接吹飞你的空旷大草原。我的小命可能也会在那里“滑铁卢”了。

但这都不是最严重的事，刚刚我所描述出来的完美布鲁塞尔之行，真的都如预期发生了，问题是，这些计划不用分三天，三个小时就结束了……剩下的七十几个小时呢？

我竟然没想到吃松饼、吃巧克力、吃淡菜、喝啤酒是可以一起做的……大部分的餐厅都提供这4样，而且差异不大。

除非你太闲，想在欧洲玩“食字路口”（注2），但我怀疑就算玩食物接龙游戏，应该也花不到半天的时间，布鲁塞尔还有一条海鲜餐厅街，沿路一家接一家，约摸百家，每换一家餐厅不用两秒钟，至于比法国多的米其林餐厅，我想一般人是不会去试的，这里随便一家餐厅两个人吃下来都要撇个两千元台币，那些贵翻天的米其林，我没胆子去试。

所以你说严不严重？

布鲁塞尔能观光的就这么多，步行几乎可以把所有的景点走完，饭店都订了，“欧洲之星”铁路是吸血鬼运输工具，一张票一百多欧元，改时间还要加钱，实在舍不得。

走投无路之下，我只好照着旅行书的餐厅一家一家试，所有厂牌的巧克力都尝，算是做功德替大家当马前卒，结论是餐厅吃最便宜的就好，因为没差别，如果真要挑一家我选T. Kelderke，松饼我挑Wittamer，那一整排的海鲜餐厅最好要问清楚价钱跟几人份，很容易被坑杀，免得跟我一样吃了一盘五千元台币的冤大头海鲜总汇。

大家一定想问，那巧克力呢？我只能

Menu à 19 €

漫画大师作画的书桌暖暖内含光(左)。

用个人浅见……资浅的GODIVA有名不是没有道理，在原产地吃起来口感就是不一样，巧克力新鲜又浓郁，不是盖的！另外满街超过百年的的老牌巧克力店，建议还是去试试，除了松露巧克力Truffle，店员几乎都会让你试吃一颗，不会跟你要钱。

一定要看的尿尿小童呢？我引述小老妹王云菲著作《欧洲误会大了》上的话，她说比起其他国家的名胜古迹，比利时人应该会跪在万里长城跟巴黎铁塔前面痛哭，觉得自己实在太渺小了。话说回来，那尺寸跟艺术价值都属于袖珍的小童，确实平凡得让人很容易跟他擦肩过而不自觉，但请注意，这是王小妹说的，我只是赞成。我爱比利时……Peace！！

布鲁塞尔有一堆各形各色、大小不一的博物馆，族繁不及备载，我挑漫画博物馆，好歹小弟出了几本漫画，到了世界漫画重镇，应该责无旁贷去支持一下，漫画博物馆刚好展了几个重量级漫画家的画桌，博物馆把他们创作的空间搬进馆内，连没喝完的饮料，不雅照片都原封不动地装进去，十分有趣。只是看完后，我相信对于不会画漫画或对漫画没有强烈热情的人，与其买一张七欧元的门票，不如买一袋松露巧克力，赶早上的市集或跳蚤市场，顺便看看画在城市各角落墙面的漫画，那样会更实际一点。

有人看到这里，会有疑问……所以布鲁塞尔到底有啥稀奇？

事实上比利时确有其特殊的地理位置，它在欧洲的中间，也是欧盟的首都，世界最多外交官的地方就是这里了，光凭这一点就该来瞧瞧。中古世纪以来就一直扮演欧洲的窗口枢纽，窗口算是好听，仔细看它的邻居都是老大，下面有法国，左边有英国，右边是德国，上面是荷兰，懂吧……列强环伺，贴切地说算是夹心饼，所以很多事情都暧暧昧昧的，也反映在城市的样貌中。这种心情我懂，本人是老幺，上面有三个哥哥三

个姐姐，兄姐们钟鼎山林，他们年纪差不多，跟我却差很多，他们有脾气的时候，我最没资格有情绪，所以你也可以说我是詹家的枢纽，但其实就是夹心饼……比利时我懂你，我只是不懂你怎么没有发明夹心饼干呢？

那到底要不要去呢？

当然要，一个随时飘着奶油香气的，随时可以拿着啤酒，边吃边走，还不怕被车撞的地方实在不多。（这里很少有红绿灯，只要人走过，车子都会停下来。）

但记住，布鲁塞尔啊，一天就好。

（注1）指安特卫普六君子。20世纪80年代，一群在安特卫普皇家艺术学院毕业的学生，跑到伦敦时装周场外办了一场前卫服装发表，因为经费短缺，于是租了箱型卡车并加上声光效果，当下就在会外展开了一场“叫醒评论家们”的活动，顿时爆红。他们在伦敦戏剧化地发迹，因此被英国的媒体冠上了“安特卫普六君子”的封号。

（注2）“食字路口”是台湾知名综艺节目的招牌单元，让艺人在各大美食街口，按照食物的第一个字来玩接龙游戏，譬如松饼接饼干然后接干面，以此类推，曾在周日时段获得不错的收视率。

Wittamer

比利时满街的巧克力、松饼名店，该找哪一家？饭店人员推荐我去这家，一吃它的松饼果然十分厉害。如果你的时间不多，选Wittamer准没错。超过百年的历史，比利时皇室的御用品牌，也无怪乎厉害的小日本引进到东京、大阪、京都都有分店。布鲁塞尔的本店分成咖啡店、糕饼店、巧克力店三个部分，是日本观光客一定会来朝圣的始祖店。

Add: Place du Grand Sablon 6，1000 Brussels
Tel: 32 2 512 37 42

老市场

布鲁塞尔的跳蚤市场又被称为老市场，有时候站在某些摊位跟垃圾堆里没有太大的不同，但很有寻宝的乐趣，从城中的大广场走去约二十分钟路程，每天早上都有，但和大多数的跳蚤市场相同，假日人最多，货也最齐全，收摊前照例是讨价还价的好时机。

Add: Place du jeu de Balle, 1000 Brussels

'T KELDERKE

布鲁塞尔有名的比利时乡土料理餐厅，你想吃的好吃的淡菜、猪脚、比利时啤酒这里都有，老板还被画成漫画放在菜单里，东西好吃，价格公道，且位置邻近大广场，我十分推荐。

Add: Grand' Place 15, Brussels, Belgium
Tel: 32 2 513 7344

Voyage 3

泰北金三角得到的。救赎

阿曼，这次真的输了！ | 注意！帐篷饭店须知

Voyage 3-1

阿曼，
这次真的输了！

我从不吝啬讲阿曼饭店集团的好，但这次，阿曼跟四季的帐篷饭店若有对决，那我会说："Four Seasons Tented Camp is the winner!!"

泰国、缅甸和老挝交界的湄公河冲积成一个肥沃的三角地带，在20世纪70年代大量地栽种罂粟花，提炼成毒品销往各地，由于当时很多毒贩是载着黄金来交易，所以便有了个极为响亮的别称叫："金三角"(Golden Triangle)，也让原本偏僻的泰北青莱(Chiang Rai)的小镇多了几分神秘色彩。

而四季饭店集团唯一的帐篷饭店(Tented Camp)，安静地、善良地，2006年开幕在这个曾是罪恶渊薮的根源地，让全世界的人用不一样的角度，感受到泰北丛林世界。

怎么说是善良的呢？这要从大象讲起……温驯的亚洲象在这里可是很重要的运输工具，也是最具代表性的动物，所以四季便以大象为基调来设计饭店，举凡椅子的椅脚到水龙头的形状……四处可见"象迹"，这么爱大象还不够，饭店还养了三十几只大象，对，你没看错！是活生生、重达一吨多的大象！这大部分的成象都是从泰国四处找来的流浪象，它们有的在伤害脚的水泥街头行走表演，有的在马戏团的狭小笼子里被四处运送，总之居无定所的象群们，在四季饭店的号召下，训练象的人跟象一起都到这个占地两百英亩、有山有水的世外桃源久居，你说，是不是很善良呢？

至于来到这里的象，成象就驮着房客、踩在软软的土地上去野外踏青；而小象，年纪大约在四岁到六岁（也就是饭店人员口中的Baby Elephant），任务比较简单，它们只要陪房客一起吃早餐就可以了。所以每天早上8点半，3只小象在餐厅外吃香蕉，来自世界各地的房客在餐厅里吃着泰北的Kwon-tom（注1），颇有四

来一趟金三角四季饭店真的是舟车劳顿，飞机、越野车、快艇三种交通工具都用上了(下图左下)。饭店的主题是泰国象，亚洲象的头是平的，而非洲象则是尖的，前者温驯、后者狂暴，所以没听过非洲人用大象来工作吧(下图右下)。

为了连接高低落差极大的两个山头，四季饭店甚至自己搭设吊桥(上)。房间内的望远镜是1941年的古董，赏鸟用的双筒望远镜和当地的摄影集放在一起，四季饭店跟你在比赛谁设想得比较周到(下)。

海一家的感觉，让人很想拉着象鼻一起唱：″We are the world……″

帐篷式房间共十五间，是全球四季饭店中房间数最少的，屋内放眼所及都是带着泰式古董味道的陈设，连浴缸都是泛着象牙白瓷造的四脚缸。相较起石材的卫浴就是多了些人情味，不过每个房间都有自己的名字跟装饰风格，譬如说我住Silver，房间内放着很多的当地银饰、银器；叫Butterfly的房间，当然就是蝶影满屋……以此类推，四季帐篷饭店除了1号跟15号是双胞胎，都叫Elephant之外，有十三种选择……我倒很想进去名为Opium的房间参观一下，看他们怎么营造出迷幻的感觉。

因为要顾及视野，房间几乎都盖在约五层楼高的山腰，大片的露天阳台正好是树梢的顶端，若有鸟停在那边，你可以水平地看着它唱歌；而我在房间里只被几张薄薄的帆布包覆着，靠着几个支架和木头，稀疏地落在长约一公里的半座山上，如同站在一条白色的腰带上睥睨着山下蜿蜒的湄公河，隔绝大自然的距离只有几厘米，好不快意，但这样的设计，实在既让人佩服，又替饭店捏冷汗。

几乎没有用到会破坏环境的水泥钢筋的建材，是它另外一个让人捏冷汗的良善……

各位亲爱的旅客，在你们享受之余，也许不会去管冷气从哪儿来？水果怎么保持新鲜，但做幕后工作的我，总爱多事去看看光鲜背后的故事……就像你们躺在床上或沙发上看着小弟制作的节目，哈哈大笑的同时，我的状态往往都是气急败坏地在打电话找人问，为何屏幕上的字体是错误的，又或者剪接点的画面怎么不对劲之类的鸟事……这是幕后人员的悲哀。

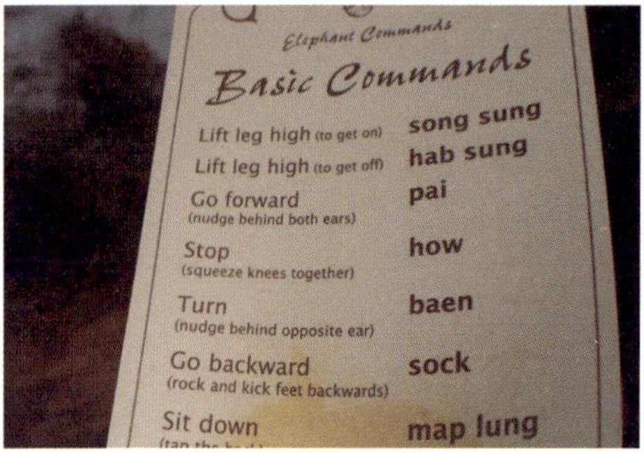

这里骑大象可不是让你坐着走一圈而已，是有课程的，这就是指令表(左)，教你如何控制大象。让大象前进的指令是“Pai”，走在我前面的老美，在骑大象期间整整“Pai”了两个小时，我要是大象，都想用象鼻捂住他的嘴！(右上)。饭店的房间都盖在约五层楼高的山腰上，而钢筋水泥之类的人工建材用得非常少，让人想为四季鼓掌(右下)。

这样的个性虽然罗嗦，但有时也会多了许多趣味。

因为会发现很多理所当然的事情，背后的过程却更有意思……

半座山、二十四万坪（编注：1坪合3.3平方米）的占地面积、三十几头大象、五十几种植物、几乎纯天然的建材(环保可是易折损)……我还没有讲到爬在你帐篷外比吴郭鱼还长的壁虎，傍晚就出现的蚊子，山上近10度的温差，非平面式几万米长的竹林步道(注意喔！是真的竹子做的扶梯，不是我们用水泥做成的竹子扶手)。

这一切……怎么管？大象有驯象师，壁虎你怎么管？找蜘蛛人来管吗？

尤其这里多是来自欧美的客人，他们可不像我们老中那么通情达理、忍辱负重，切一盘免费小菜就能堵住嘴，要怎么让这群撇了大钱转机转车转快艇来到此地的“贵客”安心？在这个偏远的山上，真是个恐怖的问题，幸好我不是饭店的管理者，不然我的脑袋会比泰北干季正午的阳台木头还烫！

很厉害，四季饭店在泰北的45度山坡上做到了，而且做得很漂亮！

那些基本的饭店服务就不谈，你想得到的都有，连无线网络都可以在房间里用(阿曼要到图书馆才连得上网络……也许是“故意”让你与世隔绝……只是不方便)，但四季有很多意外的服务，让人印象深刻。

不如说几个漂亮的招式，你便会理解。

你遇见过接机的司机先解说饭店的早餐选择吗？

这里有。
而且上车前还先问你怕不怕日晒？然后建议你选没阳光的座位。

你住过帮你热床的饭店吗?

这里有。
一到晚上，被窝里就有暖暖的热水袋，当然睡前小礼物也在棉被上放着，还每天给你一张当地的民间故事卡片。

你接过怕你没吃到中餐的“提醒吃饭”电话吗?

这里有。
无限供应免费餐点饮料的餐厅，时间过了没见你人影，还会打电话问你是否要用餐？因为下午有City Tour怕你饿着。

看到此处，独居的人应该已经哭出来了，因为这简直是二十四孝的泰北版本，我很相信如果客人不嫌弃，他们会哭出竹笋来给你吃。

除此之外，四季每天都替你安排好几个行程，每个行程至少有一个导游与驾驶，这山间来来回回的人力安排，真不简单！比起那种把你丢在小岛上给你一台高尔夫球车，难度高太多了！

听说四季的创办人去年也来这里度假，原因是他的小孩告诉他，集团里有一间很像天堂的饭店，推荐他一定要来看看，结果老人家一来才发现这个天堂比他想象的还正点，因此多住了好几天。当然这是经由饭店人员的转述，不是我亲眼见到，有宣传之嫌疑。

只不过，在这里待几天后的结论：这儿是天堂没错，你还可以活着享受！

（注1）Kwon-tom是一种泰式稀饭，通常在早餐的时候食用，材料丰富，有虾子、猪肉、牛肉、榨菜等。

房间内处处都是古董，每个小细节都有值得把玩之处。

房间内的备品丰富得如同便利商店，连防蚊液(上图右下)、放戒指的收纳盒(上图左下)都帮你准备好了。而藏在酒店角落的SPA除了有凌空绝景之外，连马桶这种小地方都藏得让你会心一笑。

COOKIE JAR
SNACK

Voyage 3-2

注意！帐篷饭店须知

在帐篷的阳台赏景，边享用豪气的免费Mini Bar，一种免钱的快感油然而生……

帐篷饭店几乎没有例外，十之八九远离城市，有的要坐车数个小时，有的要坐船越过好几座山。距离的差别，端看客官离群索居能力而定，听说亚马逊河附近有个帐篷饭店，光换车换船换水上飞机换独木舟……要花你三天两夜之久。总之，你选择这样的住所，就必须有心理准备，“人烟罕至”四个字是帐篷饭店的准则，否则人来人往的地方，就你住在几块布里面，多没有安全感。

其实，帐篷饭店跟一岛一饭店的海岛度假中心所追求的极为类似，就是要把你从都市习惯里拉出来，让你在景点里生活，完全贴近大自然。

Rule 1：帐篷吃饭不用钱

但帐篷饭店范围大，活动量就多，也许因为这样，饭店怕你没体力，在吃喝方面设想得都算周到，以我住的两家帐篷饭店为例，都是包吃包喝，随时提供餐点跟饮料，用餐时间走进餐厅，能吃多少吃多少，没人会问你房号、给你账单。正如四季帐篷饭店的人员所说，旅行已经很累了，还要花时间思考预算太不划算。

讲到这里，忍不住想抱怨那些一岛一饭店的不体贴。

他们明知小岛四周都是海，出去不方便，大家没选择，起码要让顾客有免于挨饿的基本人权吧！再不然，好歹也提供钓竿、吹箭、回力镖等工具，至少让你试试看有没有不花钱可以进食的机会。这类饭店的餐厅菜单的价格，只有贵跟很贵两种，再怎么不舍得，到头来也只能硬着头皮装阔了。

一位豪气的朋友带着全家大小(老婆跟两个九岁以下的小孩)在Amanpulo过了三个晚上，结果看到账单时，吓了一大

帐篷饭店最重要的就是野趣，至于会打扰睡眠或引来遐想的隔音问题，就只能当作难得的旅行体验了。

跳，光餐饮费撇了二十几万台币，但我觉得他怨不了谁，那里明明是偷情或求婚的地方，基本上儿童不宜，阿曼帐篷饭店最重要的就是野趣，至于会打扰睡眠或引来遐想的隔音问题，就只能当做难得的旅行体验了。

标榜的就是宁静的遗世，带小孩去看什么土耳其蓝的海，儿童懂土耳其蓝吗？！懂静默的禅意？懂被世界遗忘的感觉吗？

我儿子到八仙乐园就很爽了，这样的旅程对他而言太过高级。

我不是在笑我的朋友喔，相反地，我佩服他爱妻爱子，勇敢且无私的行为，佩服啊佩服……

说到这里，我真的要帮四季帐篷饭店的Mini Bar鼓掌，它绝对是我的饭店经验里Mini Bar的冠军，从调酒用具到防蚊液样样不缺，好像有一家迷你的便利商店在房间里，重点来了：都不用钱……

免钱的快感真的不是用钱买得到的！

于是，当你靠在黄昏的泰北丛林的阳台栏杆，大口吃着免费手工饼干，大口干着免费啤酒看夕阳，然后想起在马尔代夫餐厅被洗劫的钱，不禁泪流满面。

不过，我不保证每家帐篷饭店都是吃到饱，别看了这篇，拿着书跟店家理论。

我只能保证一件事；帐篷饭店隔音非常的差。

Rule 2：没有隔音的自由

若你跟旅伴想在原始的地方享受天地人合一的激情，又不控制音量，我保证，你的左邻右舍每一次都能参与。以我

仔细看喔！壁虎就在你的头上。

住在Aman-i-Khás的经验，某夜，相距印度情侣约两百米的室内(请注意，室内喔)，沙漠夜晚的空气分子特别称职，对声音传递之清晰，像是在两米旁而已。

他们持续地、火热地吼叫，方圆半公里的人都听到了，我很好奇英国夫妻怎么跟小女儿解释这一切，很难硬拗是动物的叫声，因为女方喊的是连续的：“是是是……”(请自行翻译成英文)，真让人脸红，我以为印度人比较保守，还给我“落”英文。

也因为隔音的问题，对习惯晚起的人，帐篷饭店的清晨将是你的噩梦。

对！！是噩梦……相信我。

以前听卡朋特的《Close to You》的第一句歌词，配上慵懒跟低沉干净的歌声，觉得鸟儿出现，跟恋爱的感觉好搭，好有意境……但睡在帐篷饭店的早晨，天刚亮的5点钟，也会有鸟的出现，很准时喔！就在你刚刚进入动眼期的熟睡状态的5点钟，各种鸟儿都唱歌了， 那气势可谓万鸟齐发，好不热闹……但此时，你真的不会想到卡朋特，你会想到卡宾枪，最好还是连发的，这样我就可以一次干掉所有鬼叫的鸟，不管在树上的还是在地上啄种子的，我全都干掉。杀……杀……杀……杀得他片鸟不留！

总之，帐篷饭店的清晨是夜猫子的噩梦。

你不是？你是早睡的人？

很好，帐篷饭店的午夜是早睡的人的噩梦。

泰北的野生守宫（大壁虎），会在半夜觅食兼求爱，声音非常宏亮，因为就在你的头顶上，所以音频呈现一种立体感，如果灯是关掉的，你会找不到音源在哪儿，好像一个Hi-end音响牌子

在往清莱的路上，有很多摊子都在卖这种当地特产的小菠萝，多数是女性，算是泰北的菠萝西施。一颗约摸二十元新台币，会帮你切成一块块可以直接享用(上图右上)。山路崎岖，都靠这位老兄随时往返接送，连爱穿高跟鞋的女性都能轻松来回山路间(上图左下)。泳池就在河的上方，游累了，就在池边看着湄公河发呆(上图左上)。吸管是植物的茎，环保得够彻底了吧(上图右下)！这是可以观赏落日的Bar，四面都是美景，每到黄昏时刻，房客会聚集在此等着看夕阳(下)。

竹林阶梯，我真的看到过外国女生穿高跟鞋走上去。

Karma标榜的，“立体到你找不着喇叭的位置”。

所以当你进入浅睡期，正做一些片断的梦，在你的眼球慢慢地由一边转向另一边的时候，忽然，被一种立体又诡异的声音吵醒……

Pi——gu——pi——gu，发音就像拉长音的“屁……股……屁……股……”

胆小的人，在伸手不见五指的山林里，很容易联想到自己是不是见鬼了。

但相较夜猫子，早睡的人还是幸运的，大壁虎只会吵一下下，而且通常它们都只有一只，只要弄清楚不是鬼来索命，很快就会习惯他们“屁股屁股”的叫声，比起那群万恶的清晨鸟儿，壁虎可爱多了。

另外，怕小虫的人也要有心理准备，帐篷饭店不可能完全密闭，多少会有些六只脚的民间好友来拜访。此时，别担心，蚊帐就是你的防空洞！饭店早已帮你设想好了。

看到这里，习惯悠闲的人可能会却步了，觉得度假搞到如此地步，未免太紧张。

但我的体会是，这就是大自然真正的节奏，本以为睡到很晚就是享受，几天后，你会习惯日出而作、日落而息，会在满天星斗的夜空下记起很多事、放下很多事，会在万物俱寂的时候，多翻好几页始终看不完的长篇小说，会自然地让身体跟随户外的推移而放松。然后发现，原来在这么多威胁的状况下，你竟睡得比在东京、纽约或在任何城市的任何一张安静至极又柔软的床上还香甜。

才理解，喔……原来这就是自由。

但话说回来，如果可以多给我一些自由，我还是会义无反顾地杀了那些鸟。

金三角四季帐篷饭店

Four Seasons Tented Camp, Golden Triangle

几年前才落成的四季金三角帐篷饭店，位于泰国、缅甸及老挝三国的交接处，就是传说中罂粟花的发源地金三角。2006年这里开了一间可说是亚洲最豪华的度假饭店，而且还开在一层层的荒野梯田中……

饭店的豪华不用说，十五间独栋villa全部是帐篷营地式设计，可是内装却一点也不马虎，全是坚固的实木建材，装潢更不用说，金碧辉煌到你会以为自己是19世纪的富豪探险家到野外去打猎，因为是帐篷式设计，外面的森林美景可以一览无遗；但在房间内，又享受着奢华的服务，虽然十五座villa套房远近错落在农田间的山路上，饭店人员还是可以把你照顾得无微不至，一到晚上，约三百五十盏油灯都会打开，整片梯田交错着美丽的灯光，令人赞叹不已。

这间旅馆主打的是泰国人最喜爱的大象，旅馆自己饲养大象当宠物，骑大象或是跟大象玩或是各种由大象陪伴的活动，充斥整个旅馆行程中；在遗世独立的森林中做顶级spa也是一个卖点，连续两年获得世界二十大旅馆spa第一与第二名，它们的spa一点也不是唬人的，舒服到让你不想回到现实世界。

离清莱机场约一个半小时的车程，因为帐篷饭店主打的就是在人烟罕见的地方遗世而居，所以坐落于清莱的山丛中的金三角帐篷饭店，交通可是相当麻烦，到了清莱机场后还得坐吉普车前往湖边，乘船沿湖而进，才到得了神秘的金三角。

Add: Chiang Saen Post Office
Chiang Rai 57150
Thailand
Tel: 66 (0) 53 910-200
Fax: 66 (0) 53 652-189
room reservations: 66 (0) 2 650-2650
reservation Fax: 66 (0) 2 254-5391
http://www.fourseasons.com/goldentriangle/

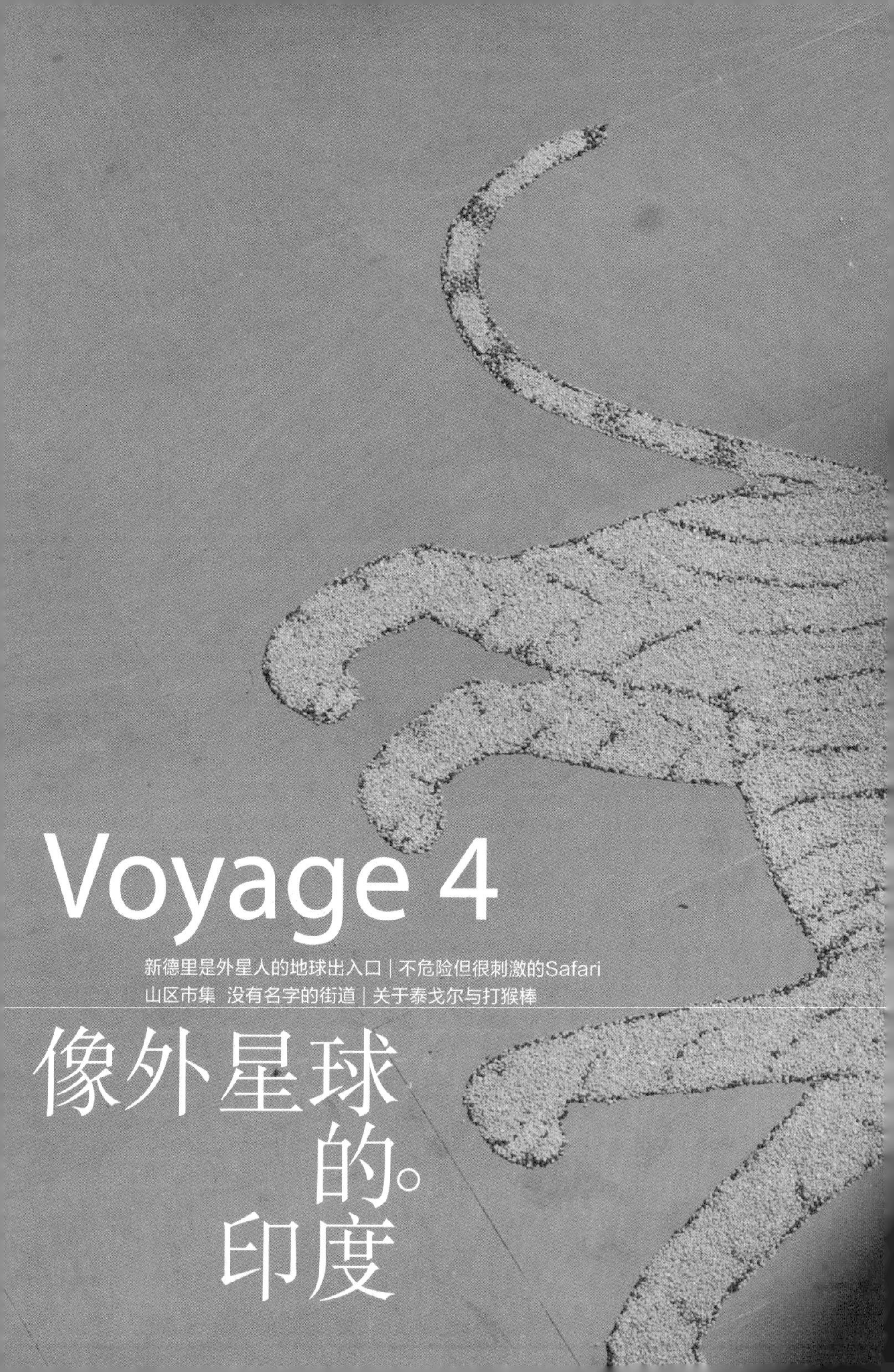

Voyage 4

新德里是外星人的地球出入口｜不危险但很刺激的Safari
山区市集 没有名字的街道｜关于泰戈尔与打猴棒

像外星球的。印度

Voyage 4-1

新德里是外星人的地球出入口

印度是个充满冲突的国度，就连乡间和城市的道路也不例外(右上)印度版的弹珠汽水，上面塞的印度柠檬，如果不是当地人大概不会有喝的勇气(右下)。

"印度每一天都会给我不一样的感受……"这是外派印度工作多年的日本人广濑公已，在NHK的特别报道《印度的冲击》中所说的话。

一板一眼的小日本被印度迷惑，可以理解，但是走跳江湖已有些资历的我，竟也被德里这个地方搞得昏头转向。

小弟自幼就爱观察芸芸众生，也因为如此，旅行这档事，总是能迅速融入当地的风俗民情，入乡随俗，悠然自得，唯独德里这个地方，老实说，我找不到节奏。在这个甘地建立起印度民主共和国的独立圣地，完全被隔离在城市的氛围之外，这样的情况，我简直不敢相信。

以在下的资质，我想只有两个可能的原因会导致这样的情况。

第一，我没有印度的慧根，就像没有数学的慧根一样，除了对咖哩料理稍有兴趣外，什么印度风的花纹、装饰、灵修的字眼完全冷感，就连影集《Heros》出现印度博士的部分，我都快转，这是不是印度众神的反扑？不欢迎我这种因为航程时间短跟饭店好才选择印度的旅客。

第二，我怀疑，其实德里不属于地球，或者这里根本就是外星人出入的地方，以至于我这个地球人感觉像是在外层空间。

德里位于北印度，是首都，也是仅次于孟买的第二大城市，两个城市各自代表着其背后的意义，所以电影讲贫富差距的《贫民窟的百万富翁》在最繁华的孟买拍摄；而德里则是《后天》代表传统印度的场景。德里又分为旧德里与新德里两个部分，顾名思义，就是用城市的新旧规划不同来区分。不过如果你以为新德里较新，那就错了，基本上，应该说是旧德里的旧东西比较多，严格来说，两个放在一起都一样旧，既然如

德里是个古都，也有很多历史遗迹，例如红堡是过去国王的行宫之一(上)。代表祖先们智慧的古印度蓄水池(下图左上)。这就是流着皇后洗澡水的国王会议室(下图右上)。当然有一千年历史的古德卜高塔(下图左下)，和一群印度人喜欢聚集发呆的印度门(下图右下)，也是让我百思不得其解的地方。

此，为何要分新旧德里？我想要问以前的印度德里市长，但他也许正在火星。

德里是个有贸易路线价值的古都，自然有很多的遗迹，譬如写满《可兰经》、有一千年历史的古德卜高塔，还有当地最具盛名的印度国王寝宫红堡，和全印度最大的贾麦清真寺（就是台湾摄影师被枪击的地方）……但老实讲，去了还不如不去，与其花时间堵在德里的车阵中，我宁愿去看二百公里远的泰姬陵（位于阿格拉城内）或五百公里远的恒河（位于瓦拉纳西省）。此处的古迹实在不怎么样，真的，这是很客观的意见，虽然这些古迹动辄几百或千年，可是真看不出有什么伟大的历史发生，我只记得红堡里，皇后的澡堂在国王会议厅旁边，所以洗澡水会从会议厅的造景水池前流过的奇怪设施，其他一概没有记忆点，因为整个城市都旧旧的、灰灰的，你只有感觉：对，这里的确是旧了一点，然后就散瞳了……像要测散光前被点了散瞳剂一样，古迹在眼前一片模糊，然后你会一直问自己：

“为什么不去泰姬陵？为什么不去泰姬陵？”起码那里比较有名。

原谅我这么说，连印度人导游自己都说这里的红堡不好看，阿格拉城那个比较厉害，而且像这类的公共场合，总是门庭若市，生意好得不得了，尤其不收费的，你有误入菜市场的错觉。

“为什么人这么多呢？”我看着像是有集会游行般聚集人潮的印度门问。

“喔……因为他们没事！”印度人导游说。

“但他们也不像来参观，很多人只是在发呆啊！”我看着独自或结伴发呆的人又问。

“是啊……所以他们没事啊！”印度导游又往右肩摇了两下头回答。

印度人的摇头代表肯定的意思，这在电影《贫民窟的百万富翁》里就有体现。男主角要回答最关键的一题，主持人问他是否确定，他也是这样摇头。

他的答案让我不知该点头还是摇头。

这是哪种印度式的哲学思考？

也对，正因为他们没事，所以来这里，这答案是没错。

但没事的印度人也太多了吧！！！！！好像约好大家一起没事一样。

你没事会去逛中正纪念堂吗？我不会！
你没事会去景点发呆吗？我也不会！
难怪我发明不了佛教，发现不了“0”这个数字，他们花好多时间思考，真的！

或许我住在德里一阵子，就能找到这个城市的节奏，就能理解他们汽车没有后视镜的逻辑……是的！许多印度轿车两边是没有后视镜的，猜猜原因？

因为他们马路上车太多，没有后视镜，可以多挤一点车。

别笑！是真的！

或许也怕被拥挤的车阵撞坏，索性把后视镜给拔了，还想得真周到，但可别就此以为印度人在交通上是体贴的，他们按喇叭的时间跟次数，好像按多了会得奖一样，每个驾驶员铆起劲来按，但明明前面的堵车一望无际，把喇叭按坏也不会前进，印度人仍乐此不疲，还摇下窗户来按，完全无谓嘈杂的分贝。

我怀疑印度人的耳膜跟消化系统与一般的地球人不一样，他们的食物口感极甜、热量极高，但是心血管疾病却比其他国家少很多，平常只喝无糖饮料的人，误食印度的甜食，很可能会有晕眩的症状（本人就是一个例子）。

在德里看了很多的人，去了不少的地方。
但若你问：“德里是个什么样的城市？”
我真的不知该如何回答！

一望无际的车阵也是新德里的一大特色(上图右上)，印度有很多车都把后视镜拔掉，有图为证(上图左上)。讲到治安不好，进饭店行李还得先过X光，这你可没碰到过吧(上图左下)。这种消除口气的糖果是印度商店的热销品，吃一口你整天都会感觉口腔里开了一家点着熏香的艺品店(上图右下)。阿曼新德里有点连锁饭店的味道，没人走动时冷清到不行(下)。

位于市区的阿曼新德里没有太多引人入胜的观光资源，带客人踏青野餐也算别出心裁。

有人觉得印度很穷、很脏，但我认为问题不在这里，有更穷的地方、更脏的城市，而且印度人绝不觉得自己脏，虽然还是有大部分的人用左手代替卫生纸来洗屁屁（以致我去厕所时抓门把都有怪怪的联想），大部分的人觉得只要去恒河洗个澡，就可以洗去一身的罪孽，即使河水有可能越洗越脏，但是我认为那都只是文化差异下的认知不同，无关乎印度真正的本质。

我想问题出在印度没有秩序，没有一个让游客容易进入的模式，城市里找不到简易的路径去旅游，除非你要冒险，你要冒着被骗、吃坏肚子的风险，才有可能找到一点德里的真风情，但我没有冒险，我是安全观光客模式，所以删除了德里的轮廓。

Aman New Dehli开在Lodhi Road上，这儿算是德里最高级的区域，沿路花园洋房一栋一栋地盖，但就在对街，游民跟乞丐也是一群一群地聚。半夜里，老人就地而寝，单薄的帆布就是挡风遮雨的墙壁，看不出年纪的小女孩满身脏乱，在分隔岛上独行，两边形成强烈的对比，但印度人也不觉得怪，又或者他们也解决不了。

但每次经过，我总有一种奇怪的心虚感，一直想起杜甫的“朱门酒肉臭，路有冻死骨”这句话，这已经是最真实的写照。

MTV台里男主角跟女主角极尽挑逗地跳舞，但却没有身体上实质的碰触，因为印度在两性上还是处于保守状态，不过印度古老的性爱教学图文书，又大喇喇地在观光区、机场书店被当成印度名产贩卖着……

无时无刻不矛盾，会不会就是德里真正的样子，还是答案在外太空?

我知道我很无聊，但是看到三种果酱有三根汤匙，我就是想替他们的服务拍拍手。到了印度，常常会有这种烤得香香的饼随时供应。

AMAN

Aman New Delhi
(New Delhi, India)

到印度去住阿曼(Amanresort)，通常会有一个阿曼的package，在印度的三间阿曼饭店：Aman New Delhi、Aman-i-Khás、Amanbagh，味道都不一样，有在城市中间的，有在大草原中的限期帐篷饭店，还有像皇宫般磅礴气势的宫殿饭店。这个旅程一连让你享受三间不同风味的Amanresort，体验到城市、原野与豪华。这个行程通常是从交通最方便的Aman New Delhi开始，然后坐火车到人烟罕至、一年只开几个月的Aman-i-Khás帐篷旅馆，再以气派的Amanbagh作为整趟旅途的结尾，让旅客们充分体验到印度阿曼的不同凡响。

Aman New Delhi是阿曼集团中最新的一个以城市为据点的resort，位居德里市中心，处于喧嚣的都市中却幽静地依山傍水而立，交通四通八达，虽然与其他标榜遗世独立的阿曼resort不同，但阿曼该有的服务与设施一点也不少，让你舍不得离开的spa，饭店中的美食，以及与下一间Aman-i-Khás配合无间的全程陪伴坐火车的管家，这在城市旅店中很难有与之相匹敌的，也因为有这样的好服务，所以Aman New Delhi在开幕后短短的时间之内，便火速地被美国、英国及澳洲的旅游杂志选为全球最佳Hotel及最佳城市旅馆等。

Add: Lodhi Road, New Delhi 110003, India
Tel: (91) 11 4363 3333
Fax: (91)11 4363 3335
Email: amannewdelhi@amanresorts.com
amannewdelhi@amanresorts.com
http://www.amanresorts.com/amannewdelhi/home.aspx

Voyage 4-2

不危险但很刺激的Safari

Aman-i-Khás开在Ranthambore野生公园里就是为了让房客能就近参与Safari行程(右上)。在没有光害的星空下围着熊熊的火炬谈心(右下)，此生能有几回！

北印度阿贾拉山区午后的气候，即便是夏季的开始仍旧透着寒意。

这个因Ranthambore国家野生动物公园而闻名的地区，四处张贴着印度老虎的画像跟标志，游客很容易就能发觉这种夜行性的大型猫科动物，不但是印度人引以为傲的吉祥物，也是这里的人气商品，每一家手工艺品店都卖老虎画像，而且都标榜Women Hand Craft，男人手艺比较差吗？阿曼集团还为了这个公园在此开了一家帐篷旅店，每年只从10月开到来年的4月(因为那里的夏季热到不适合度假)，而饭店看老虎的Safari行程则是最热销的活动。

Safari的意思是狩猎。

很多靠近原始地区的旅游行程都流行冠上这个词，目的当然不是要大家去捕杀动物，而是想让游客多一些原始的探险感觉，用镜头去狩猎，用心去狩猎，非洲甚至有列Safari的火车，十几天追着动物跑的行程，豪华又狂野，一趟7天一人要价一万美金，三十几万新台币看一个礼拜的动物，再次证明人类坑杀同类的能力比动物还可怕。

印度最负盛名的野生公园当然少不了这项活动，尤其是坐着无顶吉普车，满山找吃人老虎的Safari，在此处等同香蕉船之于普吉岛的意义，男女老幼都要来一趟。

一定有人会问，这样很危险吧？
老虎？吃人？无顶的吉普车？
这三点的交集不就等于倒大霉？

起初我也是这么想的，而且带队的导游神秘兮兮地不正面回答我们有关安全性的问题，只说“应该”不会有事……让一切变得很像电视台外景节目的烂桥段，害我一直想到那些找大田鼠吃或大蜈蚣泡酒的主持人故弄玄虚的表情，十分不适合异国情调的印度。

不过疑虑很快消散，隔壁房的英国夫妻带着五岁小女儿坐在另一台车上呼啸而过，我便明白可以放心了，老外连吃麦当劳烫到嘴都可以打官司，阿曼集团不至于无聊到去挑战顾客的安危；再说，有个又白又嫩的英国进口肉，老虎应该不会想到我这种苦涩肉质的亚洲餐点，虽然油花很多！

尽管娱乐性大于实质的冒险，但在很容易掉下去的吉普车上，奔驰于三四十度的斜坡，也真够呛的了，很多你感觉上不去的路，一脸童稚的驾驶员硬生生地踩足油门，刺激度破表！我这种买了休旅车只会从家里开到公司的“假休旅人”可是吓得一身印度汗，车子的把手都快被我握断了。

尤其这里的山路可都是一块块大小不一的岩石，就算椅子有软垫，每次加速都像是帮你的直肠做了深度的按摩，两小时下来，感觉宿便都被化解了。

夜行的老虎在白天并不易见，从头到尾我们这群观光客一直沉浸在导游营造的气氛中，一下子有老虎的脚印，一下子有老虎的大便，我们也傻呼呼随着他的描述，情绪起伏，却不断地期待又失望，失望又期待，日落了仍没有虎迹……

我想起一本书上写的话：“人生最痛苦的不是希望落空，而是你明知道会失望而期待。”这是讲恋人相爱的失落，没想到套在看老虎的旅行上竟然天杀的也通。

途中，经过了一棵树，视力可以看到几百米远的地陪说，树叶是当地人的香烟。碍于车子里有个禁烟牌，也只能拿起烟叶卷做做样子，想象自己是追逐印度虎的猎人，但对城市乡巴佬也足够了。

骑骆驼这项旅游行程可是当地居民们的副业（上图左上）。这是带我们去Safari的吉普车，站着的那位就是很会制造惊险气氛的导游（上图左下）。以相机镜头取代枪支，猎取野生动物成为一种时髦的旅游方式。

燃烧的是蚊香喔！味道像是某种香精。
帐篷的冰箱在哪儿，在床尾的箱子里。

除了对消化系统有帮助的陡坡，和找寻凶猛动物的历险感。

沿途倏而出现的野生动物其实才是Safari的重点，人在荒野中，遍地荆棘、恶日当头，忽然一头野鹿探头、一只孤鸟掠过，你拿起长镜头，对准焦距，背后的杂草枯木都呈现奶油般的模糊，按下快门，那些只出现在旅游探险频道的朋友们，活灵活现地成了SD卡里面的主角，你在世界的另一头相遇的对象，自此变为你计算机的桌布、手机的待机画面，和你往后跟朋友炫耀的题材，才是这等旅游最大的乐趣。

原来偷窥不分地域，不分种族，人类就是爱跑到不该属于自己的地方自得其乐，原来“明知山有虎，偏向虎山行”，讲的不是不识相，而是人类反骨的本质？又或者，这也是旅游的本质啊！

AMANIK的管家可是前一天就搭夜车到车站等你，准备陪你搭火车，真是太令人感动了。

M 1-7

ADHOPUR-JN:
3

当然充饥解渴的点心咖啡也一应俱全，每隔四十分钟就会有人问你肚子饿不饿，阿曼式服务是消灭旅行不安全感的最高境界。

Voyage 4-3

山区市集 没有名字的街道

虎年到印度看老虎，很应景吧！可惜我没看到老虎，倒是看了一堆老虎的餐点：梅花鹿跟羚羊……听说很多去看老虎的人，都觉得被“唬烂”了，毕竟大白天要在1.5平方公里的山区找四十只睡觉的老虎，并不是太容易，有些晒了一天恶毒的印度太阳却扑空的虎迷，气愤地说Ranthambore根本是鹿园。

其实，有没有老虎对我而言不重要，反正，老虎动物园里面有，随时可见，但靠近公园的偏僻小镇里，有个充满印度情趣的热闹市集，却是记忆库里跳出的第一页。

去印度之前，对印度的了解，就是用手吃咖喱、头包白巾留胡子的地方，就像老外觉得中国人都有两撇小胡子跟眯眯眼一样刻板，可是人真的在印度了，才发现，原来印度好奇怪，奇怪到常旅行的我回台湾，到写这篇文章，还搞不清这个国家真正的样子。

印度是这样的，宗教多元、人口密集，全国的财产都掌握在2%的人手上，不吃牛肉的印度教，不吃猪肉的伊斯兰教，还有爱吃素的佛教，全挤在这个有台湾十九倍大的土地上。它是全世界最大的民主国，却也是种姓阶级制度贯彻最久的地方，既是提倡非暴力而建立的国家，又发展核武器跟巴基斯坦三天两头闹战争，矛盾冲突在这个国度里处处可见，只是在德里，你会被混乱交通与按个不停的喇叭声干扰。

但距离大城市几百公里远的山边，少了金砖四国发展伴随的西方文明杂质，这个古老国度的某个角度竟忽而清晰了起来。

印度人几乎都要有一种信仰，不管你信哪种神，这是当印度人的基本条件，可是这里人实在太多了，神明也得挤着点。怎么多？举个例子，都市住惯了，此处人车鼎沸的画面，我们上下班高峰时间也有，可是当你在寒冷的清晨会有

在路边炸着Ghever的男人，Ghever是印度街头常见的小点心，吃起来有点像沙琪玛(上)。印度小镇的街头经常会发现好玩的事，例如从水沟钻出来的一只小猪(下图右上)，手工艺品店把伞就这样撑在门口(下图右下)，像百年古迹的建筑里，其实还住着一大群人(下图左上)。午后的印度妇女坐在纱丽店里聊天(下图左下)。

忽一庞然大物拔山倒树而来——印度圣兽，牛也。

狐狸飞奔的乡间小径上，忽然间发现迎面走来两个人时，旁边不该有人的树里默默就走出个头戴围巾的妇女，这无法想象了吧！“方圆几里不见人烟”这句话完全不成立于印度，无论是几点钟，哪怕朔风野大的穷乡僻壤，仔细看一定都有人的踪影，也因为如此，各种神明的建筑、装饰、习俗都因为世界数一数二的人口密度而共存，于是，所呈现出的样子就十分的特殊，非常的另类，非常的“跳tone”。

回到北印度小镇的市集，水果摊贩在街口的最明显处，街底有一座四百多年的建筑，还住着几十户人家，老旧的两排水泥房里卖表、卖米、卖银器、卖五金杂货，你想得到的商品没有漏的，只除了没有熟悉的国际连锁快餐店跟服饰店，算得上种类齐全的一条街，也难怪饭店人员说这条街是此区最繁华的地方。街中一个转角进去，仅能容纳三人错身的巷子，两侧密集的店家比邻而立，人声杂沓，竟有几分台北五分埔的风味，一家接着一家的手工手环铺，现买现做；妇女席地而坐在没有门的店里挑纱丽，午后凉风下别有一番悠闲。这里解释一下，印度人爱“干净”，很多店家都是要脱鞋进去的，所以你常看到老板跟客人坐在店内挑高的地板上挑货，至于印度人爱穿拖鞋的脚，有没有比鞋子干净，这一点……我保留意见。

而另一个诡异的画面就是，会有动物跟你一起逛街。

我们都知道牛是印度的圣兽，牛可以四处行走，不被驱赶。但大街上有牛的结果可以想象，这种两肩宽的巷子里，忽然一只成年的公牛迎面走来，还是挺令人傻眼的。如果现在台湾五分埔里有牛在巷子里，应该有八家SNG车会去联机吧！不只是牛，这里伊斯兰教徒也多，是不是因为大家不吃猪，所以有一堆流浪猪(这是我猜测的)。于是你在等待Ghever的时候，脚下的水沟会窜出一只沾满漂浮物的大型猪，好整以暇地

印度到处都可以见到比欧美还前卫的时尚人士搭配(左)。印度小市集里的巷弄，明暗的对比有感觉极了！我拿起相机抓焦距，那一头的妈妈喜不自胜地看着我们这群观光客，隔着回廊，谁看谁、谁被观光，一时间弄不清楚(右)。

从身边溜过；还有山羊、绵羊、驴子、骆驼，都会在你逛街的时候，毫无预期地出现在眼前，此等情景还真符合六畜兴旺这个成语。

或许是中日韩的东方脸孔在印度比较少见，我们的市区之旅竟引起该区的小骚动，走到哪儿都是一堆好奇的脸孔，最夸张的一幕是，朋友在试穿纱丽时，居然引来约摸三十人的民众围观，这……这是什么状况？连另一个朋友修手表也有六七人围观，修手表啊！装个螺丝也可以看得津津有味，还两两互相讨论，难怪有人说想体验大明星的滋味，去印度就能体会到，就这样在越来越多人看的状况下，我们加紧脚步结束了这场City Tour。

“今天有趣吗？”阿曼饭店在入口等待我们归来的服务员，一见面就问。

“非常有意思！！！”我拿着用印度报纸包着的Ghever炫耀。

“那条街叫什么名字？”我问。

“No name!”他答。

“没有名字？！”我又确认一次地问。

“是啊，那是一条没有名字的街！”服务生理所当然地答。

“那……怎么跟人家说呢？”

阿曼服务生耸耸肩，笑了笑，没给答案。

我没把握是他不知道街名才这么说，还是这条街真没有名字，在别的国家我肯定说那是服务生的敷衍，在这里我会选择相信，我说了，印度是个逻辑外的世界，如果只是没有名字，好像不用太在乎，是吧！

Aman-i-Khás
(Rajasthan, India)

印度的阿曼之旅，从入住Aman New Delhi开始，然后从印度北边的德里移到将近印度中部的阿曼帐篷饭店Aman-i-Khás，因为要到人烟罕见的帐篷饭店，途中得经过曲折的交通，但请不用担心，Aman-i-Khás的管家细心到会在前一晚坐夜车来德里接你，然后陪着你搭火车，途中不仅替你安排装饰高级的火车包厢，还会送上阿曼特别为舟车劳顿的你所准备的点心食物，让你尽量能舒适地度过这段旅程。
想必许多热爱阿曼系列的朋友，都看过那张美到令人惊异的Aman-i-Khás的照片，在2003年Aman-i-Khás开幕之后，许多人的梦想便是入住这让人屏息的帐篷饭店。
帐篷位于热带野外地区，当然颇有古时边疆王朝的感觉，只是它的帐篷更为华丽广大，整家饭店一共也只有十座帐篷，要入住并不容易，这是为了Safari行程而开设在Ranthambore公园旁的旅馆，原始风味十足。
由于一年只营业几个月，每年得避开印度的热季及雨季，只在10月至来年4月营业，其余的时间阿曼会将帐篷及所有家具收起，等待下一年的营业。Aman-i-Khás是由建筑师Jean Michel Gathy设计规划，整间饭店以帐篷为思考起点，所用的家具除了无法移动的石制大床、浴缸等，所有家具皆可以拆解、收纳，收进仓库中，待来年再拿出来重新装置使用。

Add: Ranthambhore
Rajasthan, India
Tel: (91)7462 252 052
Fax: (91)7462 252 178
Email: aman-i-khas@amanresorts.com
www.amanresorts.com/amanikhas/home.aspx

关于泰戈尔与打猴棒

“这条好的路会开一个小时，然后再开一个半小时不好的路，饭店就到了。”一上车，负责接送的司机指着前方说。

前方看不到尽头的终点，就是在阿拉瓦利的Amanbagh。

距离巴基斯坦七百公里远的阿拉瓦利，曾是印度国王打猎之处，但随着印度王室的退位跟动物保护法的成立，这片广大的沙漠山区名声也逐渐地没落在地图里，只剩**AJABWHRH**和**BIRKADI**两个小村落，像是被世人遗忘似的，孤立而隐世于此……

Amanbagh这栋闪着淡淡粉红色的大花园，顶着2010年刚刚出炉的“印度最佳饭店”的冠军光环，皇宫式的屋顶在荒野中更显得亮眼，殖民风格强烈的建筑，像极了电影场景中，英国人在异乡的某个豪华大院。骑着印度式的超难骑脚踏车在偌大的花园奔驰，虽然很难操控，迎着山区的微风，却另有一番闲趣。

至于得奖理由我没有查，这个荒郊野外的花园饭店，摆明了就是搞欧美有钱人爱的那一套，隐世而独立却什么都有，镶着碧绿瓷砖的标准泳池、此起彼落的鸟叫虫鸣、晒到像细针刺的阳光，我想都是原因……而且他们能替客人准备的活动包括从外地运送大象来打球给你看，这是印度的民俗之一，只要你愿意付五千美元……

饭店最大的邻居除了两个村落的村民之外，还有一种高约一米的印度猴子，入口沿路到房门外的树上随时可见，也因为这群长着毛的邻居，房间伞桶内多了一根木棍，我帮它取名为——打猴棒。

“庭院的门，若人不在时，最好关起来，不然猴子会进来乱翻。”服务生叮咛。

“所以这棍子是用来对付它们的？”我

阿拉瓦利的路标很有趣，直接告诉你“好路到此为止”(上图左上)，和阿曼比邻而居的两个小城镇，荒凉又隐世，孩子们还保有看到观光客手舞足蹈的纯真。包着头巾的司机自己也不知道，头上的布保护的是勇气(下)。

到达被称为印度最佳饭店的Amanbgh(上)，才一进门就有人会唱祈福歌给你听(下图左下)。不过在这里房间的门可要关好，以免到处撒野的猴子(下图右上)跑进来。这可是真能上锁的锁头(下图右下)！每个房间都配有打猴棒一支(下图左上)。

当成笑话问他。

“Yes……”服务生挑着眉回答我，一副你最好相信我的样子。

饭店提供防蚊液算是很贴心的设想了，但阿曼还帮你准备了打猴棒，这可稀奇吧！原本以为这是饭店精心设计的桥段，是为了给都市人一种接近大自然的冒险感，我等一群只被游乐园吓大的台胞，也是抱着听听就算的心态。

没想到朋友里面最不信邪的一个女生，在第二天就发生了“浴袍下全裸之五星级饭店喊救命事件”。

她完全把人家的话当耳边风，门不关也就算了，还边吃饼干边欣赏树上的猴子，根本就是教唆犯罪，结果猴子跑进房间东奔西窜，她什么都来不及穿，狼狈地披着浴袍在泳池大喊救命。

“我心里还想最好猴子是会进来啦！没想到……呜……真的跑进来……呜……好恐怖喔！”受害者梨花带泪地泣诉，但其他人都很没有良心地在想象她全裸对决印度大猴子的精彩画面……

其实猴子是Amanbagh的特色，也是个“治安”上的问题，饭店为此还成立穿着制服的“五人赶猴特攻队”，只要你需要，简介上写着他们会“跑着”、“很专业地”替你把猴子驱走……后来对决猴子的朋友说，很专业的意思就是：用石头丢，就这样！

除去猴子这些奇异的事迹，Amanbagh的花园真是挺雅致的，没有大红大紫的花团锦簇，但分隔着每间房子的绿地又宽又广，三三两两包着红头巾的印度园丁修剪着植栽，偶而松鼠不怕生跳过面前，飞快的云影在山岭上变化着颜色，这应该已是北印度最迷人的春末风光了吧……

在山边的草坪上，有外国老师教你做瑜珈，应该是很多上班族女生们的向往。这里的印度菜看起来很高级，吃起来很不错，看价格也同样让人心痛。

我坐在面向树林的躺椅上，翻着书，其中一本是泰戈尔的诗集（注1），别误会我是个爱念诗的人，本人没那么有气质，只是旅行喜欢从各个面向去了解这个国家，仅此而已，但看到最后一篇，却像是被电到般回不了神……上面写着：

你是什么人？
读者？
百年后读着我的诗？
我不能从春天的财富里送你一朵花，
天边的云彩里送你一片金影。
开起门来四望吧。
从你的群花盛开的园子里，
采集百年前消逝了的花儿的芬芳记忆。
在你心的欢乐里，
愿我感到一个春晨吟唱的活的欢乐，
把它快乐的声音，
传过一百年的时间。

望着这瞬间，像是被百年前的哲人预测到我会出现在此刻此景，想到这里，我竟久久说不出话……

（注1）泰戈尔于1861年出生于印度首都卡尔卡他的贵族家庭，十四岁开始写作，是诗人、剧作家，也是思想家。在英国留学后发表英文诗集，成为印度第一位诺贝尔奖得主。

Aman-i-Khás (Rajasthan, India)

如果说Aman New Delhi是印度阿曼之旅的开始，那Amanbagh就是结束。从城市开始，经过Safari式的野外洗礼，最后在富丽堂皇的Amanbagh以贵族感十足的方式为旅程画下句点。

与Aman-i-Khás相距约三小时的车程，同样在Rajasthan省，却在另一个叫做Alwar的老城，Amanbagh位于Aravalli山下，古时是Alwar藩王的狩猎队的营地，由于17世纪时是政治权力必争之地，所以有不少当时王朝宫殿的遗址——城堡、皇宫坐落于此。也许是因为这个缘由，Amanbagh是以原石打造、宫廷风格、奢华的贵族感为基调建造而成的。建筑师Edward Tuttle自从设计了首座阿曼的旅馆后，便一直是阿曼集团沿用至今的主要建筑风格，这间2005年完成的Amanbagh正是再度出自他手。房型有所谓的Havelis及Pavilion，分别有附pool或courtyard的套房，是隐身于王朝遗址却当代奢华感十足的最佳代表作，入住这里会有自己是17世纪王储的错觉。

粉红色的外观，旅馆的每面墙、每座屋顶及每个物件，全是从当地石材产地运来，再一刀刀细琢而成，手工之精湛，令人无法想象。另外，由于外地运来食材不易，Amanbagh也像其他的阿曼旅馆一样，拥有自己的有机花园，栽种香草及蔬菜，供应给房客各式新鲜美味的料理，尤以印度的家常料理为其中之最。

Add: Ajabgarh, Rajasthan
India
Tel: (91)1465 223 333
Fax: (91)1465 223 335
Email: amanbagh@amanresorts.com
http://www.amanresorts.com/amanbagh/home.aspx

Voyage 5

对温哥华的依恋。

雪山上的倒计时 | 惠斯勒的公寓度假酒店

Voyage 5-1

雪山上的倒计时

美国出现第一个黑人总统的那一年，上帝送给美西四十年来最大的一场白雪。

奥巴马成为美国第一个黑人总统的年终，整个美西笼罩在四十年来最低温的寒冬，剩两天便要跨年的时候，我启程到温哥华探访老友兼度假。

老实说，温哥华虽然好几年获选最适合人居住的城市，但是不是旅行的首选？本人心中有个大问号。毕竟居住跟旅行这两者的距离，失之毫厘差之千里，一个国台粤语都通的老外地盘，除了标志是英文之外，满街华人、中餐厅林立……对中国旅人来说异乡感实在太低，若你到横滨到悉尼到纽约都不忘参观唐人街，那温哥华这辈子非得去一趟不可，因为某个程度上，温哥华就是一条巨型的唐人街。

但这竟是我第三次到温哥华。

其实我的旅行经历里，绝少重复到一个要花费十余个钟头航程的地方，因为世界那么大、人生如此短、假期又很少，怎么就花了这么多时间到一个全是华人、最热闹的街道上连一家Prada都没有的次级城市，三趟……值得吗？

我对温哥华莫以名之的情感，应该从十二年前开始讲起，那是我第一次到距离美国那么近的国家，美国对于当时的我有着深刻的意义，除了那些电影跟音乐的影响，还有我初恋的伤痛……

这里也是我第一次在境外开车旅行的起点，从温哥华开到旧金山（请见序章“Bye bye旧金山大桥”），来回整整五十个小时；还是我穿同一条裤子长大的死党的第二个家乡，他在那一年移民去加拿大。

我始终记得第一次到温哥华，他开心地载着我到温西，到处跑，比较着要买的房子，在史丹利公园说在此溜了一整个夏天的轮鞋有多么的惬意，在Robinson Street大口吃着热狗说他那

YES WE DID
POWERED
TOGETHER WE MADE HISTORY
NOVEMBER 4TH 2008

冰天雪地的温哥华和一群陌生人陪着我倒计时，
昏黄的夜晚，世间之大，或许朋友一人就够。

台1969年的积架跑车（我们都是那一年出生的）是用多么便宜的价格买到的，像是未来的移民人生希望无穷，他兴奋、发亮的脸，如同一座北美的灯塔，在我的人生航行中转呀转的。

看过我文章的人应该晓得，本人感同身受的能力十足，死党的裤子就是我的裤子，死党的姐姐就是我的姐姐，死党的家乡当然就像我的家乡。于是，想移民到此的念头自此萌芽，我像是真的要搬到温哥华的人，跟着他计划要住哪儿？要怎么继续台湾的工作又可以到这里滑雪溜冰？要怎么多一个政治不是那么不明确、没有飞弹和地震威胁的家乡？

十二年过去了……

我去了更多的国家，看过更多绝美的山景和湖泊，吃了更多好吃的料理，美国已经不是我旅行的梦幻国度，甚至还是黑名单，北美或者温哥华，已无法如以往撼动我，原来自己的土地才能让自己有存在感。两岸的关系越来越友善，已经可以当天来回北京了，我们从小便有的危机感，不再那么可怕。

小小中产阶级的愿望忽然在真正的家乡落实……

反观温哥华的美，被回流人潮洗刷模糊了。

当初一起到一个美好环境生活的愿望瞬间拉得好远，十多年前移民的朋友一批一批地去了上海、回到台北，他们说移民到异乡的人“没钱的难过，有钱的寂寞”，大家对好山好水冷感了。

有了更多人生经验的我，越来越明了，移民绝非是二十多岁年轻人三言两语的那般简单。

但我还是在不经意的时刻，讲到回流的鳟鱼、看见枫叶的旗子、谈到Cheese Cake，对温哥华还是有些亲切感跟依恋，像是有家人在那边，像是我未成型的第二个八字没一撇的家乡。

四十年来最大的严冬，像是上帝在街道上浇上一层又一层的鲜奶油，美得可口。

旅行就是这样，往往成行的原因到头来都莫以名之，就像我一直认为我有天会到温哥华的某个依山傍水的小木屋过日子般没有来由。

与其说我去度假，不如说我想逃离台北的倒计时。

逃离年终不知道怎么实现电视新闻报道的跨年欢愉情境的窘境，我总是不知道怎么筹备跨年前的计划，和收拾倒计时完的失落。电视上大家怎么那么有搞头啊？怎么大家都有那么多可以一起尖叫喝醉的朋友跟情人？除了烟火跟跑场的歌手，在台北难道没有其他的依靠？

于是，我决定今年不参与每年一次的集体迷幻，温哥华这次真的变成一个避风港。

幸好有这场四十年来最大的严冬，上帝像在惠斯勒山淋了一道又一道的鲜奶油，新闻说这雪的深度有一百三十厘米，在视觉上可口得不得了，天空总是每隔几小时就飘雪，像天女散花的那种雪量，伸手一抓便是满满的绵密雪花，惠斯勒山今年的冬天是个圣诞礼物。

特别是举办过冬季奥运，惠斯勒山上的规划又更加方便及美观，尤其是在Black Comb拉起的Peak to Peak的缆车(照字面上翻译就是“山顶到山顶”)，在两山的最高处，中间没有支撑点的雪山缆车，惊心动魄极了，你会边坐边赞叹加拿大人的缆车技术，很想叫他们来救救我们的猫缆。

虽然在一千多米的山腰，Whistler Village仍旧有着倒计时跨年的小型演唱，但这次我没有空去理会那些散场的人群，有着发甜的空气陪伴，明天我要从厚厚的雪道滑下来，再去喝一杯热腾腾的巧克力，即便我刚刚滑完雪的脚酸痛到举步维艰，心里却轻盈得如同雪花。

零下三度，呵着白色的水汽，望着老友微醺的笑容，我确定这是最不空虚的一次跨年……

Voyage 5-2

惠斯勒的公寓度假酒店

景色如冷艳美人的惠斯勒(Whistler)的蜿蜒山路上，两旁高耸的针叶林一排接着一排，像纪律严明的卫兵在站岗。

不能开太快的休旅车在北美大破大立的风光里环绕，而我刚吃完Granville St.外带的 Cheese Cake，昏昏沉沉地在梦与现实中间游荡，从温西出发已经两个多钟头，该讲的笑话都讲完，该抖的秘密也抖光了，六个人有两个已经被伴着大量二氧化碳的暖气带入梦乡。

“零下一度了！！”开车的友人兴奋地大叫，半个身子已经拥抱着周公的我，跟其他睡着的人都被声音拉回车上，迷蒙地看着前方。

车上温度显示器上的数字，随着纬度升高而往下降，车窗上的水滴变成小小的结晶冰，仔细看，真的有六角形的雪花，不到两首歌的时间，温度计上跳出-6℃的字样，车子刚好过了一个隘口，整片巨大的豪华雪景，像3D电影中的银色变形人，一股脑地从挡风玻璃撞进来，车上的五个人都喊出了赞叹的声音。

“Welcome to Whistler……”已经在温哥华住了快二十年的Linda得意微笑，一副好像惠斯勒雪景是她家会弹钢琴的小孩一样……

若说夏威夷有天下最完美的浪，这里的雪，无疑是世界上最棒的雪了！

从20世纪60年代开始，人们就发现此处得天独厚的雪质与山完美的坡度，便纷纷来这里滑雪，而大家统称的惠斯勒村(Whistler Village)，其实是惠斯勒山(Whistler Mt.)和黑梳山(Blackcomb Mt.)两座山组成的，后来人们干脆把整个山脚变成度假村，有各式各样的饭店、商店和餐厅，从此上山滑雪狂欢变成当地居民的假期的一部分。

2010年举办冬季奥运以后，各项跟雪

一边赏雪一边泡热呼呼的澡，是人生一大享受。

有关的设施都已完工，全球最好的滑雪场跟惠斯勒滑雪场几乎已画上等号，看着直达山顶的快速缆车，庞大交错的雪道上点点的滑雪者犹如用完美工程学谱出的五线谱上的音符。

惠斯勒山区的美好，是卑诗省居民花了将近五十个年头逐步建立起来的。看着远近不一、造型独特的木屋，新旧掺杂，散落在这神奇的皑皑白雪里，并没有不协调的感觉；相反，在圣诞时节，对味得像是洒了糖粉的糖果屋，这不就是经典圣诞图片的真实版吗？

待惯海岛的我们，则像进入糖果屋里中年版的兴奋儿童……

惠斯勒村有超过百余间各种类型的度假饭店，其中最吸引人的就是传说中，欧美电影MV里，一人一栋、云深不知处、旁边有雪中温泉、走出门口即是滑雪道的梦幻山中小屋(听说有的度假屋，从床边的窗户就可欣赏云海的日出日落，但只是听说)。无奈不是价格贵得吓死人，就是已被订光，所以，我们便选择了也是木屋造型、一层有四间房的复合式度假饭店。虽不满意，但也比那些方方正正的连锁饭店有趣多了，老实说，真该建议加拿大政府把那些属于城市的水泥建筑都移走，这是雪山中少数碍眼的东西，虽然我不是卑诗省的公民，但作为一个爱上惠斯勒的游客，我大声疾呼："拆掉水泥建筑！还我可爱小木屋！！"

话说回来，没有窗边云海，这种公寓式度假饭店仍是乐趣十足，所有朋友可以聚在一块，边下厨边小酌；可以在客厅沙发，用最没礼貌的姿势躺着，没人会介意；再用最没营养的话题天南地北地瞎扯，笑完了，没话聊了，走到阳台，雪中的夜景，微晕的灯光染在雪地上，真会美得让人忘了俗事。低温的空气刺鼻，却清新得像有香味，似是醍醐灌顶，单衣薄履在冻夜中品味着细雪，竟不觉得冷……

这片美景在冬季奥运期间可是价值三千美元(上)。度假中心方便得很，爱血拼的人到惠斯勒还是可以逛街。下面这张图片没啥意义，纯粹只是想告诉大家，滑雪屁股真的会变翘(下图右上)。这家芝士蛋糕应该可以说是温哥华的“市糕”吧，每个温哥华人都推荐(下图左上)。

CREEKSIDE
GONDOLA

有些不滑雪的人，是冲着凌空飞越两座大山的缆车而来的。

新瑞华海鲜酒家

这是间三十多年前从香港沙田起家的餐厅，后来餐厅的二代在温哥华开了两家餐厅，分别在温哥华市区及列治文（Richmond）。它在温哥华打响了名号，不管当地人或游客到了温哥华都会去尝鲜，据说作家金庸也相当喜爱这间餐厅。它的“红烧乳鸽皇”远近驰名，由于是位于加拿大的海鲜酒家，所以海鲜自然是不可少的食材，这里的名菜还有“阿拉斯加帝王蟹”，可以料理成帝王蟹好几吃，且在海鲜要下锅前还会把食材拿出来给你瞧一瞧。

温哥华新瑞华
Add: 3888 Main Street, Vancouver, B.C. V5V 3N9
Tel: (604) 872 8822

列治文新瑞华
Add: 102, 4940 No. 3 Road, Richmond, B.C. V6X 3A5
Tel: (604) 273 8208
http://www.sunsuiwah.com/td_home.html

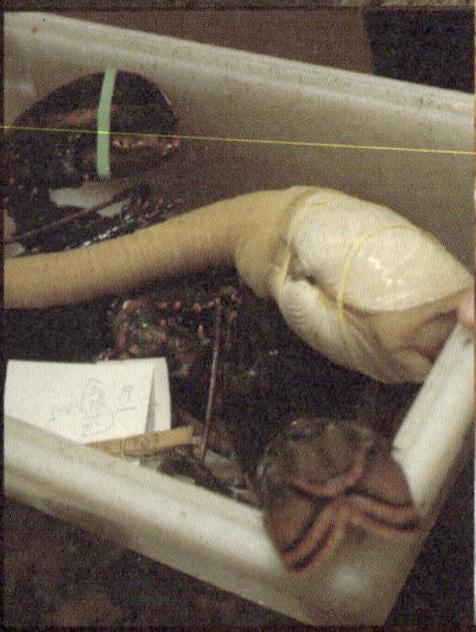

SEASONS IN THE PARK

这家SEASONS IN THE PARK，位于温哥华市区的Queen Elizabeth Park中，由于餐厅在公园中的制高点，所以可以一览温哥华市全景，是属于比较正式的餐厅，也由于餐厅的景观很好，所以这里也是招待名人政客的好地方，俄罗斯前总统叶利钦与美国前总统克林顿，及不少好莱坞巨星们都曾到此光顾过，所以值得一去。

Add: W 33rd Ave. at Cambie St.
Vancouver, B.C.
Tel: +1 (604) 874 8008
Monday - Saturday from 11:30am
Sunday from 10:30am
http://www.vancouverdine.com/seasons0experience.aspx

Cheesecake etc. Vancouver

不用说，只要是来过温哥华的人都知道，一说到甜点，当地人都推荐这家Cheesecake etc.，位于South Granville的这间甜点店，它们的Cheese Cake简直就是温哥华市的最佳甜点了。它的Cheese Cake特别的是会淋上鲜奶油及不同口味的果酱式糖浆，你可以自己选择喜爱的口味。另外，它只在晚上9点到半夜1点才供应，要吃要趁晚。

Add: 2141 Granville Street
Vancouver, B.C.
Tel: 604-734-7704

Voyage 6

藏在小岛丛林里的。记忆钥匙

美丽小岛丛林里的男孩 | 经典饭店与女明星

Voyage 6-1

美丽小岛丛林里的男孩

菲律宾午后的雷阵雨是老天倒的……丰沛的水量便造就了Pamalican岛上茂密的树林和多样的动植物。

在尚未落地的水上飞机上，远远就瞧见了这丛林小岛随风摇曳的热带绿椰林，在碧蓝色的海上，像活的似的在跳动着。

阿曼选择在此处落脚不无道理，又长又直的水深只到腰间，砂质白细的沙滩线，是绝佳的戏水高度，往深处游去，珊瑚礁群也不过距离岛上一两公里，可以边浮潜边跟岸边的朋友打招呼，摄影技术好的人拍到鱼群跟饭店的合照并不困难。

另外，Amanpulo有个很浪漫但不便宜的套餐。就是专属的厨子，在黄昏时刻的沙滩上做菜给你吃，沙滩上有雪白的软垫，海浪就是音乐，整条海岸线是你的餐厅，看着星星跟月亮提早报到的深

这就是Pamalican岛(下)，在马尼拉机场有阿曼专属的小飞机候机楼，很隐秘，不大，非常适合想偷偷摸摸出国的人，可是有个隐忧，就是遇到认识的人，想躲都躲不掉(上图左一)。

饭店的人员说这种海水的颜色叫土耳其蓝(下图右上)。在海边吃饭是Amanpulo的招牌晚餐，也是谋杀你信用卡的暗器之一(上图、下图左上)。只是运送物资的接驳船，在夕阳下竟成了漂亮的景色(下图左下)。

蓝淡紫交错的天空，会有一种人生的奇遇感，梦幻得不太真实，只要不记起来，你的新台币就像旁边用杨枝木燃起的火花，全部化作灰烬……说真的，你会很感激上天给你这个好运气，有机会遇见这一切。

十五间融合非律宾传统风格的建筑住宅，散落在岛上的东南角等着世界各地的人入住，而每个房门口都停着一台自己的高尔夫球车，车上有着一张全岛的地图，方便房客可以全岛走透透。我不知道别的房客是什么感觉？但我脑中一直跑出《汤姆历险记》的卡通，我就是汤姆，脚踏车变成高尔夫球车，地图上的灯塔跟机场跑道的标志，活脱是藏宝图里秘密方位的记号……

每个男人心中都有个小男孩，我很早就发现了。

我不算是都市的小孩，老家对面就是稻田，旁边是产业道路，介于城市与乡村的中间，还留有几排的竹林跟围着大树的池塘，虽然不如原住民拥有的高山大海，却也足够小男孩有空间想象夜里竹林里会有怪兽，池塘中有神秘的水中生物，一小片的自然，可以冒险整个暑假。

在台北过了几十个年头，早就认为自己是城市里的人，烤番薯和烧稻草的烟味、刚被修整过的草地散发出的酸香，像是记忆的钥匙，总要到解开的那一刻，才想起门后的美丽花园已经太久忘记去观赏。

没想到，Amanpulo也是一把钥匙……

要走路逛完整座Pamalican岛得花上半天，尤其因为会跑出奇怪动物的树林隔绝视线，让你弄不清楚前方的距离。身在其中，虽然偶有服务生会经过，多半的时间你会觉得岛上只有你们一组客人，在羊肠小道走着，你身上那个爱冒

险的小男孩忽然就出现在一旁，追着大蜥蜴快乐地奔跑、穿进了滂沱的大雨，全身淋湿，大笑着，然后对着我顽皮地做了鬼脸，又消失在海角的一端。

我以为过了不惑之年，男孩会识相地离开，毕竟人生里只剩下样样装懂的无聊和事事盘算的邪恶，我都很想离开自己了，何况男孩？

从快长出青苔的重复生活中逃开，来到Amanpulo，却遇上了男孩。或许是在不够新的饭店房间里，苦恼着下一餐没有太多选择的老男人，始料未及的乐趣。

从花园看出去的海滩，像是在偷窥大自然(上)。每个房间都有专属的吊床、高尔夫球车，心中的小男孩的探险梦再次苏醒。每天早上服务人员都会在车上准备好清凉的矿泉水(下)。

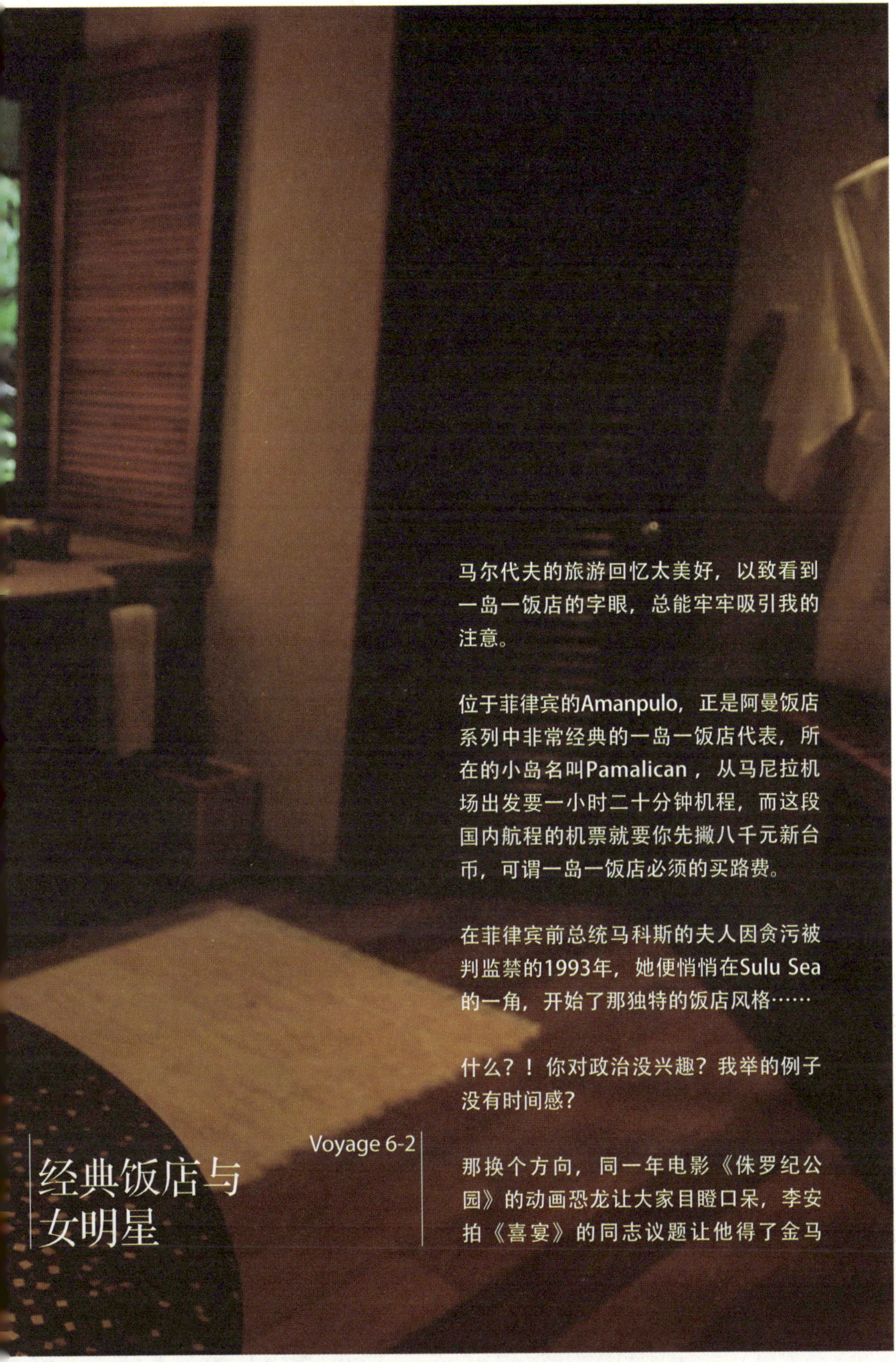

Voyage 6-2

经典饭店与女明星

马尔代夫的旅游回忆太美好，以致看到一岛一饭店的字眼，总能牢牢吸引我的注意。

位于菲律宾的Amanpulo，正是阿曼饭店系列中非常经典的一岛一饭店代表，所在的小岛名叫Pamalican，从马尼拉机场出发要一小时二十分钟机程，而这段国内航程的机票就要你先撇八千元新台币，可谓一岛一饭店必须的买路费。

在菲律宾前总统马科斯的夫人因贪污被判监禁的1993年，她便悄悄在Sulu Sea的一角，开始了那独特的饭店风格……

什么？！你对政治没兴趣？我举的例子没有时间感？

那换个方向，同一年电影《侏罗纪公园》的动画恐龙让大家目瞪口呆，李安拍《喜宴》的同志议题让他得了金马奖，而那年我二十四岁，刚刚退伍，还会非常兴奋地吃完飞机餐……我……什么？你对我更没兴趣！快切回主题！！

好嘛……中年人一讲到过往总是会有很多画面的，我们回到Amanpulo。

当时“一岛一饭店”的形态非常稀少，更别提花如此多的银两，只是为了享受那种精气神的阿曼服务，好大喜功的年代，哪来的低调客人啊？也许因为如此，阿曼饭店有别于连锁饭店明目张胆的奢华，在旅人世界里成为一个神秘图腾。

而本人，在三十二岁开始了阿曼经验以后，Amanpulo便一直是我对海岛饭店的首选，一是它距离台湾“看似”只要三个小时（注1），另外，便是它实在太经典了，别人还在追求金碧辉煌的时候，它已经在搞隐世的享受，怎可不去朝圣一下？

于是在深秋的11月，菲律宾干季的某一天，我便启程到Amanpulo膜拜。等等……我强调干季是很重要的，尤其这种一岛一饭店的resort，如果你遇到雨季会欲哭无泪。因为岛就这么大，逛一圈花不到十分钟，他们雨季下的雨是会淹水的那种量，而且可是从早下到晚，除了去贵得只想点白开水的餐厅外，若不想感冒，基本上，你只能待在房间里不断地冥想，想想自己这生做了什么孽，要花钱来发呆……倘若你对此等湿淋淋的行程有兴趣，恭喜你，雨季来，阿曼会打折，一天少一万台币。

Pamalican小岛确实美丽，沙滩又白又平坦，因为地形的关系，海水跑出两三种颜色，像是土耳其壁砖上那种渐层的蓝，对面有另一座小岛，像在无垠海面上的聚焦点，清晨与黄昏特别会衬托出光影变化的魅力。

Amanpulo饭店风采依旧，一栋一栋分散在林木扶疏的深处，浴室与卧房的空间分配得很巧妙，令人惊讶的是十五年前

切小莱姆的刀子跟砧板竟有几分禅味(上图右下)。手工点心味道不错，餐厅外夕阳无限好，只是又快到被坑杀的晚餐时间了。实在很难相信这么漂亮的泳池已经二十几岁了(下)!

泳池旁的下午茶时间，是Amanpulo少数不用花钱的享受，可惜糯米不能吃太多(右)，会胀气，饭店是故意的吧！

怎么就有如此的规格，岛上特有的蜥蜴与雉鸡随时就出现在你的窗边阳台，还有往海边的幽静小路上。房间内男女有别的草帽、Mini Bar上的当地风味水果干零食，咖啡杯乃至于切柠檬的小木刀，样样有型有款……当然还有随时递上的冰毛巾与睡前小礼物，阿曼规格的服务在此没有漏掉一样。

但我心里却少了前几次去阿曼的怦然。

看得出Amanpulo在装修上花了工夫，在既有架构上加强，不让客人看出年纪，但接缝处、天花板的灯板内仍然露出疲态，有些刚刚整修的地方，甚至让我想起刚打了玻尿酸、上了年纪的人的僵硬笑容……是不是年纪到了，饭店就会出现那迟暮的无力感？

还是Amanpulo在世界旅游热潮里，此等规模已不符合越来越有经验的旅客心中的价格，来这里住一天，可以去同样位于菲律宾的长滩岛五星饭店住十天，人家还附早餐，而且它们也有又软又白的沙滩……

那么……这里贩卖的，是否只剩经典？

几年前，我住过1956年开幕的上海和平饭店，楼下著名的爵士乐团喧嚣地演奏着，楼上的我在离电梯最远的一间房，望着倾斜的地板，包在陈旧木板里的电视，节目的嘈杂声一点都热闹不了我冷飕飕的心情。偌大的空间到了半夜，感觉会有来自冥界穿着旗袍的好姐妹来跟我聊天，他们说住这里会有穿越时光隧道的感觉，但我觉得更像住在一张票卖二十元人民币的金氏世界纪录博物馆里。当时怕鬼开着灯睡不着的我也在思考着：到底和平饭店在贩卖什么？

经典？还是人们对于经典的容忍？以至于它们可以轻忽细节？

把和平饭店与Amanpulo相比，的确委屈了阿曼，两者其实有很大的距离，但是它们都少了热情，那种好像青春还在他们身上的热情。经典饭店很像女明星，

重点无关沿途的风光美不美，而是旁边的人，能否一直牵着你的手走下去……

这个凉亭是Amanpulo的名景之一(右)。两顶分男女的草帽没多少钱，但选对了客人就愿意掏腰包付百倍的钱来消费(左上)。从沙滩走进房间，别忘了用勺子舀一瓢水洗洗脚(左下)。

年纪到了，漂亮反而变成可以挑剔她的原罪，只能谨慎地维持过往的光彩而不正眼时代的变化，以致随便一个敢露敢讲的辣妹就可以打败她们。

但我比较在意的不是Amanpulo的未来，我注意到的是1993年菲律宾马科斯夫人贪污被判刑二十四年，阿曼饭店就在菲律宾小岛开个饭店；2008年的台湾也有类似的政治情况，阿曼饭店会不会看到这个巧合，到澎湖还是绿岛也开个阿曼饭店，让我们这些附庸风雅又没能耐的人，不用再省吃俭用地去省小飞机的钱，还在乎它们有没有送早餐这件事。

如果可以，那我觉得看了整个年头贪污的烂新闻，还总有些浪漫的代价。

（注1）台北到马尼拉的飞行时间为两小时十五分钟，过海关后要到Amanpulo的接待柜，搭接驳车到Amanpulo的Lounge（候机楼），再搭一小时的小飞机到Amanpulo所在的岛上。也就是说，上午9点30分从台北起飞，抵达Amanpulo已经是下午2点了，加起来花了近五个小时。

Amanpulo
阿曼普罗

位于菲律宾的Pamalican小岛，距马尼拉约1.5小时的飞行时间，没有航空公司飞这里，只有私人包机及阿曼的飞机，是隐秘性十足的岛屿resort，许多名人喜欢来这里度假，就是因为它够隐秘、能够保有房客的隐私，是阿曼一直以来很受欢迎的一个resort。

由向来擅长在传统精神中展现现代设计感的建筑师Bobby Manosa操刀，全岛由四十座casita（编注：海滨小屋）所组成，设计低调、热带植物茂盛、海中各类天然生物聚集，整座岛屿被一圈细白的沙滩包围，说是最浪漫的天堂也不为过。不少人选在这里求婚或举办婚礼，就是看上它美丽浪漫这一点。

由于过于低调无华的外表，刚接触到Amanpulo时会令人感到："这座阿曼也太朴实了吧！"可是，总有人，在试过一次Amanpulo后，又会前去造访一次、两次，甚至更多次，主要的原因就是它的隐世独立感，即使是到了菲律宾夏天的雨季，待在Amanpulo，也是另一种享受。应该说，到这里来，不论何时，都会是一趟完美的假期。

Add: Pamalican Island
Philippines
Tel: (63) 2 759 4040, (63) 2 9765200
Fax: (63) 2 976 5204
Email:manpulo@amanresorts.com
http://www.amanresorts.com/amanpulo/home.aspx

Voyage 7

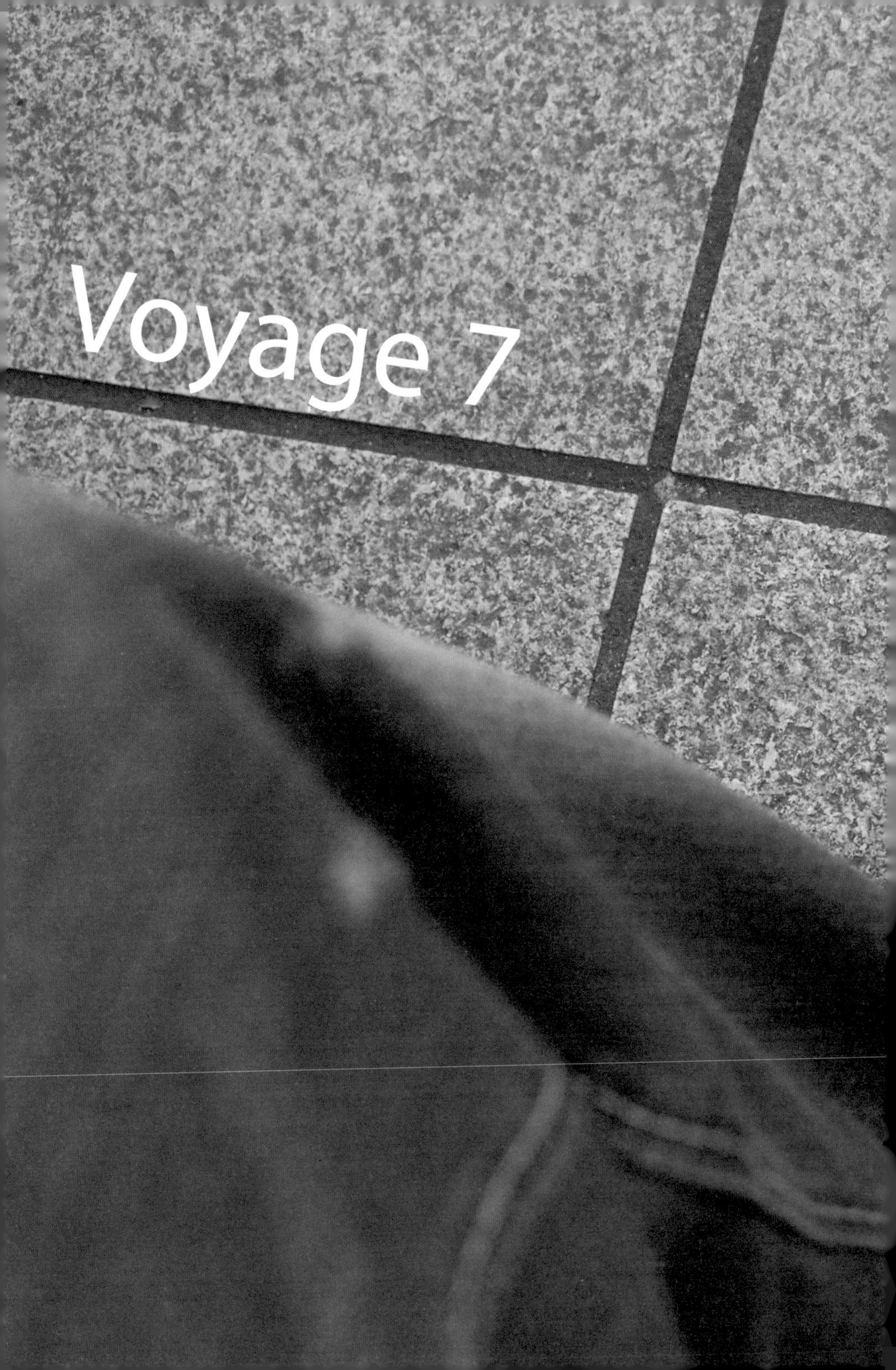

还是。东京

在梅丘寿司遗落的东西 | 黄昏牌潮男

在梅丘寿司遗落的东西

Voyage 7-1

我讨厌排队！

不知道是星座还是血型的原因，还是因为本身职业的关系，常常要看到很多的陌生人，又或者是岁数越来越大，以致无法参与这种需要花费大量青春的行为……

在日常生活中，要排队的活动，我总是能免则免，最好不要发生虚掷光阴的事。

只是，懒惰是要付出代价的，不排队就等于亏钱跟失去参与流行的机会。

失去参与流行的机会大家比较容易理解，就是那些热门的餐厅、展览、周年庆……你都会因为不想排队而无法讨论。

但不排队跟亏钱有啥关系？！

若你这样想就外行了，需要排队的事情，八成是因为价格便宜，便宜加上质量是发生排队的温床，就好像热带地区海洋跟夏季是诱发台风的温床一样……

还不懂？

举个例子。

台北天津街的肥前屋的烤鳗鱼跟距离不到五百米的京都屋，哪个好吃？我可以说其实各有春秋，但吃一客肥前屋要排队一小时，而多花六十元就可以不排队到京都屋吃同等美味的烤鳗鱼，不排队等同亏钱了，不是吗？

所以我说，便宜加上质量是排队的温床，就像不透气的鞋子跟潮湿是香港脚的温床一样！好，我晓得你懂了，不用把香港脚比喻进来！但夏天排队的确是比较容易得香港脚的……

好啦！我要讲的是在东京涉谷车站附近Mark City楼上的一家排队的寿司店。

在东京，大啖美食很少不需要付出排队的代价，非常不适合不喜欢排队的我。

梅丘寿司的食客从挑嘴的银发族到爱便宜的辣妹都有，是典型的让人吃了会感恩的排队名店。

这家名叫“梅丘寿司的美登利”的餐厅，并不是我按图索骥找来的，是因为它就在我下榻的饭店的楼下，天天都会经过，天天都看见一排人龙，问了日本朋友后，才知道这可是涉谷区大人气的料理店。

其实看排队的人就知道这家店一定是典型排队店，顾客从银发族夫妻到涉谷辣妹都有，这种就是便宜又好吃的店的消费轮廓，年轻人可以负担的价格，熟龄人士可以接受的质量，势必是便宜又好吃。

不喜欢排队的我，在去机场前等待接驳公交车的一小时空当，在朋友的殷殷教诲下加入了约摸二十人的排队队伍，等待着服务生的关爱眼神，因为她们的桌子坐的人数不同，所以如果你前面的人不是对的人数，便可以递补上去。

但即便是下午两点多，不是用餐时间，我们仍旧等了快三十分钟才进去，人气真不是普通的高，但小日本贴心依旧，当你排到前十个的时候，他就有小板凳可以坐了，排到前三个的时候，服务生便来点菜了，排队排得很有层次。

这里招牌菜是综合握寿司，白瓷盘上十四个不同种类的寿司，有种踏实的华丽感，而且它的价钱更踏实，折合台币约一千元，一千元喔！在台湾的高级餐馆大概只够付三个握寿司，味道还不见得比它美味，尤其是这里的烤鳗鱼握寿司，几乎用了整整半条的鳗鱼，豪气的让人边吃边感恩。

其他的握寿司，不论是海胆或鱼卵都鲜甜得像是放了糖，另外值得一提的是它的一些握寿司的做法，十分有潮流感，譬如明虾握寿司上面还铺了起司，鲔鱼手卷加了薄荷叶与鲑鱼卵，在口感上比传统的寿司多了些惊喜。

我等台客因为接驳巴士的时间，狼吞虎

咽地只花了不到半小时就买单，虽然酒足饭饱，但相较起坐在寿司台旁的小情侣，边欣赏师傅像蝴蝶般飞舞的手结合着米饭与海鲜，边悠闲地吃着……似乎匆忙了！

这好像是台湾排队美食店的通病，生意好了，店家跟客人都急了，有的店在你一坐下来时就先跟你讲吃饭是有限时的，老板赚了钱，客人有了好味道，却都遗落了些事情，大家都遗落了用餐该有的细细品尝的悠闲，那可是料理最棒的调味品呢！

下次去涉谷，我会再去排队，把我这次遗落的东西拿回来。

梅丘寿司

这家“梅丘寿司的美登利”是东京都内相当有名的寿司店，因为价格实惠、食材新鲜、味道好、份量也大，所以受到大家的青睐，位于涉谷Mark City四楼的这家店，常常不管在任何时间都大排长龙，因为位于购物中心人来人往的走道上，所以显得更受欢迎。
“梅丘寿司的美登利”在东京各区，如池袋、赤阪、吉祥市、二子玉川等地都有分店，但也都是要排队才进得去的，人气可见一斑。最受欢迎的是它的烤鳗鱼寿司，不但用大半条的鳗鱼下去做，就算是外带，凉了也好吃；除了单点外，餐厅也常有套餐可选择，店家会依情况常常更换套餐内容，最近比较受欢迎的是套餐前菜的龙虾色拉，吃过的人都赞不绝口，即使要排上半天也会再度光临。

Add:东京都涉谷区道玄坂1-12-3 Mark City East 4F
Tel:(03)5458 0002
开店时间
Mon~Fri 11:00~14:45、17:00~21:45
Sat~Sun 11:00~21:00
定休日 1月1日

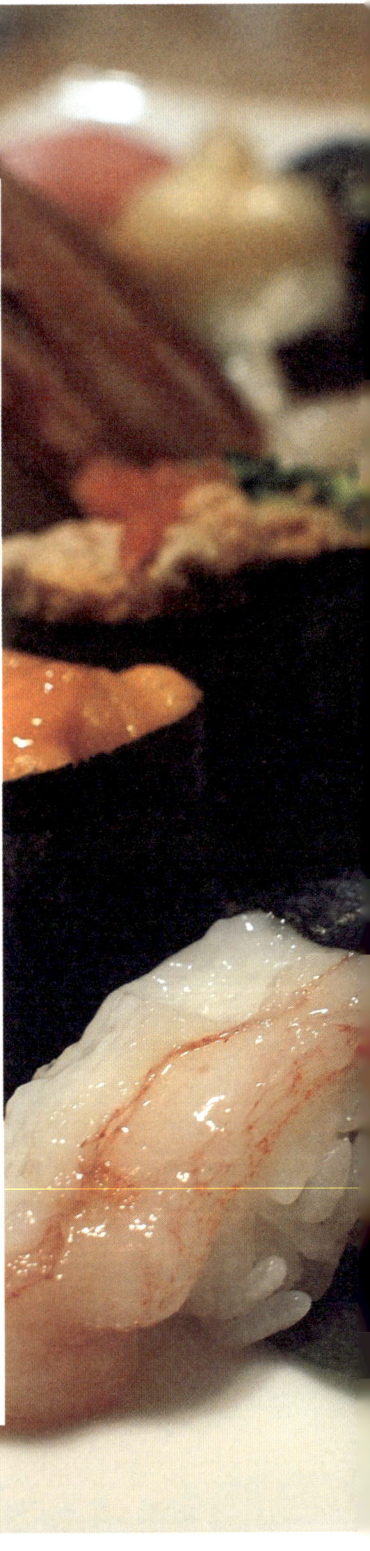

Voyage 7-2

黄昏牌潮男

好像我们这一代打电动长大的男生都有相同的毛病。总有个不合时宜的习惯没有停止在青春时代，悄悄尾随我们来到“完全成人”的纪元。

“完全成人”的世界对不合时宜的事情非常容易大惊小怪，譬如跟刚毕业的小美眉谈恋爱、譬如上网买合金的超人、譬如在周末要上夜店……这些习惯你都有的话，恭喜你，阁下注定是周遭朋友说嘴的好对象。

但受惊吓之后的熟龄男子，取而代之的不是更隐讳地继续着青春梦，而是无谓地扮演着某种怪咖的角色，绝少有人戒掉那个习惯，就像打电动一样，我们一定有我们破关的方式。

最近又开始了我的日系潮牌男打扮人生。

我先解释一下潮牌的意思，从字面上讲就是带领风潮的流行品牌，但是潮牌衣物又更接近年轻人一些，穿了仍可以在街头活动，绝少有领带或双排扣等搭配的正式服饰，而且图案跟款式常有“装可爱”、“耍摇滚”、“搞叛逆”的嫌疑，从马利欧到James Morrison，甚至是Andy Warhol都是被取材的对象。

如果从小衣服就是妈妈买的、长大是女友挑的、结婚后在家都是穿内衣内裤的男生，应该很难想象老大不小的人，怎么穿着有卡通大鲨鱼图案的帽T出门，或卷起牛仔裤上班？没关系，你赶快跳过这篇，不用想象了，今天要聊的东西，保证你没画面。

幸好我的行业比较自由，除了偶尔公司一些七八年级的小女生会忽然冒出一句“肚子太大”、“装年轻”此等暴行犯上的言语之外，我受的打击不算太大。其实，日系的穿着对我不是件新鲜事，在阿部宽跟本木雅弘都还在长痘痘的年代，我也曾在台北万年大楼里穿得跟他

RAT HOLE
NOBUYOSHI ARAKI
POLART 6000

日本的出租车门是会自动关上的，内行人不会去拉。
如果拉了门，有些司机大叔会心里不爽(下图右下)。

们一样，闲晃了好多个暑假。

但自从小雅跟Joyce在台北开幕后，自从我知道欧美时尚跟小日本服饰在国际地位上的差距后，自从我决定要跟毛头小子形象划清界线后……

我几乎把主要的治装费都交给了意大利人、美国人，甚至比利时人。

日本品牌的服饰像是偶一为之的花火，在衣柜里变成少数民族。因为我已经洋化到认为，日本货是小鼻子小眼睛的人穿的。

但看到越来越多的意大利、法国精品店在赌场的最显眼处，在名胜徒步区的入口，一间接着一间盛大地开幕……我忽然对这几个熟悉的logo产生了腻烦感，这标榜着时尚、质量、独立思考精神的标志，忽而成了富贵者的号角，张牙舞爪地在每一个你想忘记现实的地方，告诉你，要去赚钱、要去消费……而且过去遥不可及的标价、漂亮的店面装潢跟营销手法逐渐迷惑不了我。我发现从米兰买回来的裤子、罗马拎过海关的衬衫……我穿起来都不会像橱窗里的那样有型，我还是要请隔壁改衣服的阿姨，用她那台用了几十年的正港台味的裁缝机，把衣服改成我的版本。我的版本，你知道，就是跟模特儿无关五头身的版本。

后来我还发现，衣不蔽体的槟榔西施的石灰罐旁边也放着LV包包，一些小指甲留得特长的暴发户的衣服边边缝着PRADA的红色标签，满街的人一件件Ed Hardy，像穿制服一般。

曾经义无反顾跟新台币过不去而追求的事情，已经是某种变质的信仰，我开始质疑自己的衣着态度，我对基本款的欧美服饰感到有点厌烦，我开始明白爱用欧吉桑当模特儿的日本杂志想说的事，

VISVIM店内刚好在办荒木经惟的摄影展，展览内容全部都是使用拍立得的照片，算是逛潮店的惊喜收获。

他们的穿着极难判断是何种品牌、何种style。模特儿自身散发出的穿着态度，才是衣服跟人体最好的关系。

从懂事来，就不是太喜欢跟别人做一样的事。我说了，我们年代的人总有个不合时宜的习惯跟着自己。

这个麻烦的习惯在日本新的潮牌里得到救赎。

近几年日本出了几个很厉害的设计师，年纪都跟我相仿，他们的产品都带着我们年代的气味，那种对青春还有着浓厚依赖感的气味，最重要的是，他们的剪裁对我们这种没有腹肌又爱美的人十分友善，而且，裤子完全不用改，我穿起来就跟橱窗的假人一样，帅吧！

这简直是我在欧美牌子里忍辱负重多年后又发现的心得。

只可惜在台湾，日本潮牌的店不多，价钱令人咋舌，打折时间又不一定，往往要看老板的心情，我虽然爱美，但也没跟钱过意不去到那个程度，我不赶流行的。

于是趁着到东京三天的时间，刚好是日本打折季，特地到南青山、里原宿好好地来一趟潮牌之旅，大街小巷去搞懂日本时尚反扑的发源地，到底有啥好货，顺便也可以参观这些标榜着独立风格的店面又出哪种新招。日本潮店真的很有创意，他们曾把T-shirt挂在天花板像屠宰场挂猪肉似的，也会把鞋子放在回转寿司的台子上，比起大部分的名牌旗舰店有趣多了，运气好还能遇到展览(这次就刚好有荒木经惟的摄影展)。

只是没想到在这个日本人要穿着和服去捞金鱼、看烟火的真夏的时节，逛街原来是需要大量汗水的活动，8月的东京市区高温，恐怖得像个火炉，流汗的速

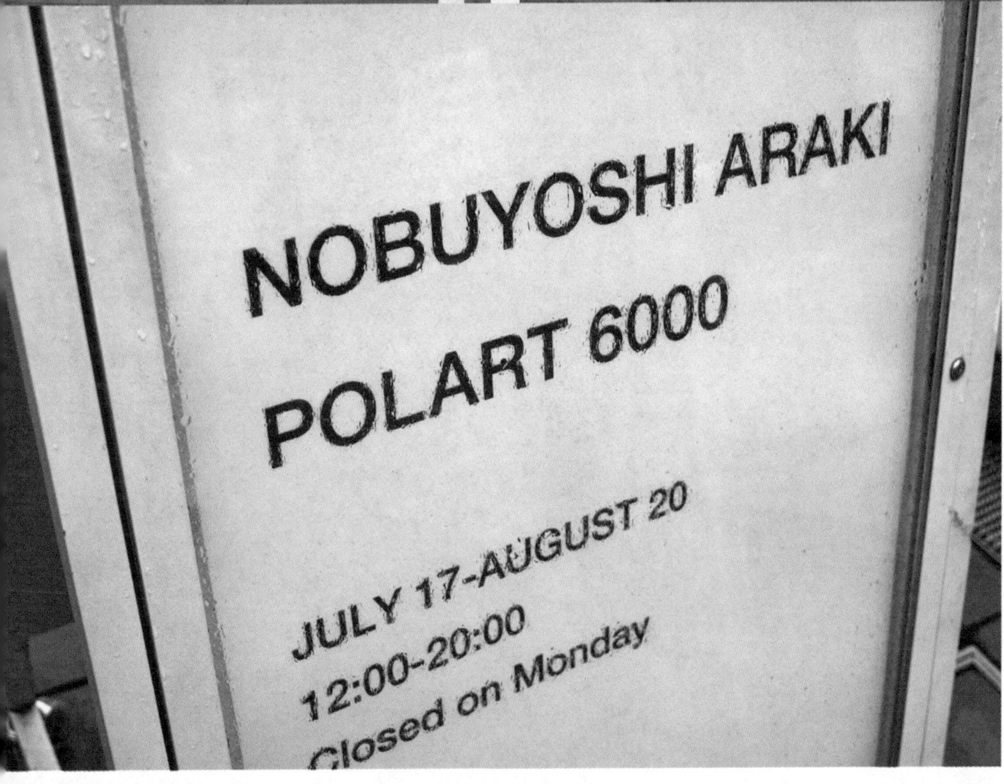
NOBUYOSHI ARAKI
POLART 6000
JULY 17-AUGUST 20
12:00-20:00
Closed on Monday

NEIGHBORHOOD

度比看韩剧的妈妈们流泪的速度还快。更恐怖的是，潮牌店可不像你熟悉的日本百货公司，有着超凉的冷气，它们可是很有个性地坐落在庞大的表参道的各个角落，有的在二楼、有的在地下室，你得在没有遮蔽物的柏油路上，挨家挨户地找；而潮店又多数没有大招牌，小日本很喜欢低调这种东西，还有一家店我走了三趟还找不到，这种类似行军的血拼路线，真不是退伍已久的小老百姓可以常常排的行程。

一整天下来，得到了结论。

我决定要去跟被我骂过吸血鬼的两家引进日本潮牌的老板道歉，我曾经用着欧美帝国主义心态的眼光看着它们的东西，冷冷地说谁要花钱买没听过的牌子。它们有勇气做可能赔钱的生意，而且卖得都比日本产地便宜，我还嫌弃，太不应该了。

站在表参道跟神宫道的交叉口，穿着没有折扣新买的VISVIM的鞋和HYSTERIC的上衣，手插在崭新Neighborhood的牛仔裤里，口袋里反复刷而发烫的信用卡的余温还在，一点都没有便宜的新潮跟心疼相互推挤着，分不出胜负。

看着黄昏染橘了天空，
我忽然想念起台北……

对中年大肚男友善的中年潮牌

VISVIM

VISVIM是一个创立于2000年的新品牌，创立人是设计师中村世纪。1971年出生的中村世纪是个相当有想法及魅力的大男生(或说现在已经中年)，早年在阿拉斯加的求学经历及有世界观的创意，为VISVIM带来不少设计上的惊喜。

说到VISVIM，除了牛仔裤、包包等，最为人称道的就是鞋子。VISVIM的长项，也是中村先生的设计理念，是将年代已久或做工特殊的经典鞋款，用现代的技术融合古典做工，创造出许多为人称道的产品，也是里原宿潮牌中的指标之一。

有名的鞋款包括取材自Hermes便鞋的Twonbly、灵感来自公共艺术大师Christo Vladimirov Javacheff作品的CHRISTO、经典款必备款JBT、木村拓哉常穿的Danner等。台湾的代理是位于台北市仁爱路圆环旁的CLS服饰店，在这里也可以找到另一个里原宿的潮牌NEIGHBORHOOD。

VISVIM也设计衣服及包包，牛仔裤也是许多潮男热爱的作品，只是因为质量好，又有特别的创意，价格就没那么亲民。

CLS　台北市仁爱路4段115号

Hysteric Glamour

设计师北村信彦于1984年创立的品牌，由于北村的生长过程深受美国六七十年代文化的影响，设计的对象也充满了当代的次文化、POP Culture与Kitsch的风格。

崇尚Rock、Punk、Sex，从漫画、音乐、美国车及色情书刊中找寻灵感，这也是为何HG的东西总能迎合年轻人次文化的口味，美式的风格却能在日本、香港甚至台湾都有相当多的fans，历经二十多年不衰的潮牌，真的不多。

另外，HG也将Andy Warhol、Bob Dylan及Kurt Cobain的作品及肖像制作在T-shirt上，创造复古风潮，为一时的经典。

HG旗下还有Hi-End Line“Thee Hysteric XXX”系列，跟较为休闲街头风格的“HG for Men”；不只男装，HG也出女装，Hi-End Line 的“The Hysterics”与Casual Line 的“HG for Women”就是为女生所设计的潮牌。

台湾的代理商是团团服饰，信义诚品1楼与微风皆有专柜。

NEIGHBORHOOD

泷泽伸介(Sinsuke Takuzawa)在1994年创立的品牌，与里原宿几个有名的潮牌并列为超人气品牌，主要的风格是以摩托车及户外军装为主，这个风格在近十年受到了极大的欢迎，最有名的是它的牛仔裤、摩托车皮衣与包包，每每新产品一出便造成轰动，东京本店外也都有一大堆人排队等着购买新产品。

另外，NEIGHBORHOOD最有意思的地方是很会搞Cross over，找其他品牌合作，像是Stussy、A Bathing Ape、Adidas、Fragment与VISVIM，都曾与NEIGHBORHOOD合作而大放异彩。除了原本的系列外，它也有专门给小孩的NEIGHBORHOOD quarter，以及在2009年新推出的LUCKER BY NEIGHBORHOOD。

NEIGHBORHOOD的设计师也曾找过日本中年明星永濑正敏当Model，可见是对不论青少年或中年大叔都很友善的品牌。

权八

充满着江户时代感的日式料理餐厅，在东京与福冈，甚至是美国的比佛利山都有着多家分店，不同的店也有不同的区分，基本的日式菜色都不少，只是有专卖寿司、炭烧、铁板烧及荞麦面的区分，是属于高档的日式餐厅。

最有名的莫过于2002年日本前首相小泉纯一郎，曾带着美国前总统小布什光临过权八的西麻布店。主要是因为这里食物美味，装潢有特别气氛，但又不像一般居酒屋嘈杂。

由于有相当多家分店，建议大家可以自己上网站查询，涉谷最容易前往，也比较不需要一直找来找去；而西麻布店是装潢风格最棒，且也有户外的庭园餐厅，小布什来的便是西麻布店，非常有意思。

权八

http://www.gonpachi.jp/en/casual/home/welcome

BVLGARI IL CAFÉ

BVLGARI在东京有不少值得一去的餐厅。在银座有Il Restorante和 Il Bar，在表参道的是Il Café 及附属的Il Cioccolato，这次去的是在表参道的Il Café，但两个地点的餐厅风格不尽相同，贩卖的餐点也不太一样。

你可以上网站看看哪一家比较喜欢。

BVLGARI
http://www.bulgarihotels.com/

Voyage 8

沪上的朝鲜烤肉。

平壤姑娘贩卖的笑容

Voyage 8-1

平壤姑娘贩卖的笑容

朝鲜的平壤是朝鲜半岛上历史最悠久的城市，即便传说中朝民族的始祖“檀君”在公元前就建立了此处，外界对这个有两千多年历史的城市的陌生感，远远超过对世界任何的新兴城市。若不是金正日的造型太有喜感、若不是他们的足球队这么拼命、若不是在YouTube上面流传的北韩万人体操的整齐度太恐怖……

平壤好像是个传说，不存在于真实世界。

初夏去了趟上海，第一晚，如同以往，要交给在上海发展多年的朋友包办。

“想吃什么？”老友问。
“都可以啦！”我答。
这也是每次到上海必定发生的第一场对白。
“那好，这次有一家餐厅你一定觉得好玩！”
“菜不一定好吃，但很有意思。”老友补充了一句。

“朋友在一起吃什么无所谓啦！”我答。

这是肺腑之言，若移民到美国加拿大是四年级的共同回忆，那么到上海北京打拼还真是五年级的集体经验。于是，从飞机落地在浦东的那一刻起，几乎就等于同学会号角响起，四面八方的老友都会因为某个人而聚集，不管是谁做东、进哪家餐馆！总是清醒地入席，醉茫茫地退场，吃啥不太记得，同学们的大陆悲喜人生才是正餐，才是记忆点。

“有一家服务员全是平壤来的女生的餐厅。”老友说。
“你说朝鲜的平壤吗？”我要确定我没听错。
“没错！还是……你又要吃‘渝信川菜’？”

渝信川菜在东方电视台旁，在上海有好几家分店，招牌菜水煮鱼麻而不辣，很合我的口味，而且我贪图有个台湾演艺

圈人士很喜欢去的脚底按摩“大班”就在下条街，所以当大家想不到地方吃饭时，我都会提议此处，但今晚不同，老友的建议比川菜有趣多了。

“不不，去这家去这家。”我用非常确认的口吻说。

没去过平壤，总要见识朝鲜菜跟朝鲜服务员吧，台湾没听过这种形式的餐馆，来此理当要去看看，感觉朝鲜人跟火星人差不多，吸引力很强。

名叫“青柳馆”的韩国餐馆位于遵义路上的百货公司五楼，菜色跟台湾的韩国餐厅大同小异，除了烤狗肉之外。是的，很不幸，人类的好朋友在这里仍是佳肴的选项，不只韩菜，许多中餐厅的菜单里都有，令人感伤。

餐厅的装潢很平实，但窗明几净，很符合朝鲜印象的样子，小电视里播放着朝鲜的风光，画质稍嫌粗糙，很像我们二十年前的伴唱带，但在此处播放似乎很合理，姿色都算清秀的平壤女服务员很快地就替你把肉下锅，而且每桌都有专属的服务员。

如同朋友说的，菜色还真的不怎么样。

不知是朝鲜的烤肉风格就是肉质比较韧，还是只有这家如此，味觉记忆中，在首尔或济州岛品尝到的烤肉，比较符合鲜甜多汁的形容。但话说回来，穿着传统服装的平壤姑娘，笑容可掬地烤着肉，努力用蹩脚的中文在招呼，诚意十足，让我们忽略了那一些原本就不是目的的小事。就在将近酒足饭饱的同时，中间的小舞台忽然走上两个女服务员，一个负责打鼓，一个弹电子琴，接下来所有的平壤姑娘到舞台中央，拿着花，载歌载舞地表演起来。

对！是所有的刚刚替你烤肉、倒啤酒、

端菜的朝鲜姑娘，在音乐响起时人手一支麦克风跟花束，变成台上的巨星表演了起来。我们这桌的服务员还多负责表演古筝，真是多才多艺……其实这样带动气氛的表演，在热带国家的度假岛屿稀松平常，但一群从神秘国度来的、穿着传统朝鲜服的清秀女生做这件事，有点时光倒置的错觉，让我等一干南国成熟男性岛民，纷纷拿起相机像粉丝似的，在舞台前猛拍，乐不可支。

有人会有疑问，或许她们根本不是朝鲜人，有可能是从韩国来骗钱的，这我不敢打包票，但以我偏执的两点判断，她们一定是朝鲜人。

她们的鞋子全都是一模一样白色露指的厚底高跟鞋，搭配肉色的丝袜。她们手上拿的花全都是塑料花。

等等，先别否定我的结论。

开过餐厅的人就知道，你要叫一群女生穿制服端菜，不要在外型上加东加西都很难了，更何况没人注意到的鞋子丝袜这种细节，一定有人会搞怪，不信你去看看台湾穿制服的餐厅女生，鞋子如果全一样，你写信来骂我，我一定不回嘴；至于塑料花，那个样式就像金正日的造型，保守中又带着突兀感，也不是随便能买得到的，相信我的专业，我们公司买的道具花比你们看过的还多。

这一顿吃下来，约摸四千台币，以此等的装潢跟菜色，在上海算是非常贵的。

而我在思考的是……听说平壤很美、人很单纯，这群平壤姑娘的笑容会不会被看似自由，却不见得健康的世界给污染了……

这里贩卖的是平壤姑娘的美丽笑容，
还是自由国家的骄傲感？

想到这里，我胃里的烤肉一下子感觉没那么容易消化了。

渝信川菜

常去上海的人都知道，渝信川菜在当地是相当有口碑的，菜好吃不说，价钱也不贵，不管是对当地人或是对台湾人来说，都算是首选。
其中最有人气的菜色莫过于“水煮鲶鱼”，麻而爽口、入口即化的鱼肉，会让人胃口大开，餐厅里放眼望去，几乎每桌一盆；另外它的各式青菜及点心也都不会让人失望。也因此，虽然在上海已经有不少分店，但在用餐时间，不管哪家店都还是大排长龙。
除了在上海的各家分店外，在北京与重庆也都可见到这家餐厅的踪影，这里提供大家上海三家店的信息，下次有机会到上海，也可以试试。

渝信川菜 上海分店
静安店
Add: 上海静安区成都北路333号招商局广场3楼
Tel: (021)52980438~9
华盛店
Add: 上海黄浦区九江路399号华盛大厦5楼
Tel: (021)63611777、63507997
浦东店
Add: 上海市浦东新区东方路796号96广场3楼
Tel: (021)61099696、61099757

上海大班休闲Spa

上海的“大班”是我每次到上海必去的一家按摩店，其中大沽路分店因为临近上海电视台，所以很多艺人都会光顾；也因为这样，在台湾影视圈中大班的按摩也颇负盛名。除了其中的Spa、按摩及舒适的环境之外，由澳门的丽晶集团所投资的大班Spa，在里面有澳门美食及饮料可以吃到饱，更是它的一大卖点。

大沽路店
Add: 上海市静安区大沽路370号
Tel: (021)6340 0366
大同花园分店
Add: 上海市卢湾区斜徐路595号
Tel: (021)6302 3466
营业时间 12:00~24:00

平壤青柳馆

虽不是大家都知道的餐厅，不过在上海还是有不少人在讨论，原因就是餐厅里的服务员都穿着韩国传统服饰，还会上台表演。价格就当地的消费来说并不便宜，菜色倒没有特别值得一提的地方。有不少韩国人与中国人光顾，年龄层不低，我想会去光顾的人，除了韩国客之外，就是想见识见识平壤姑娘的才艺吧！

Add: 上海市长宁区天山路1111号虹桥天都商场4楼
Tel: (021)62371076

旅途终站了
爱　却不会　　　消失

03
304
520
917
11
THE SILVER TENT
31
3412
304
14
5

后记
青春　留在伦敦、巴黎跟米兰

我不是个宿命论者。
却总会喜欢上要远离自己的女孩。
然后以为注定似的，让她越来越小的背影变成感情的句点……

这次的距离是台北到伦敦。

Guildford是距伦敦西南边四十分钟车程的一个小镇，你可以说这地方单纯质朴，建筑饶富维多利亚风味；但你也可以说，若不是有个留学的女朋友，鬼才会来这个偏僻到连英国人都不会来的地方！我也相信，当她一开始有出境读书的念头时，不会出现这个奇摩英文词典都查无数据的地名！
很多靠自己能力留过学的人都明白，那个出境深造梦背后代表的是举目无亲、难吃的食物、狭小的房间跟共享的厕所，还有跟五颜六色的漂亮招生目录上截然不同的灰色生活，特别英国还是灰中之灰，因为天气不但湿寒，还常起大雾。

女孩就住在学校的宿舍。

宿舍木板隔间挡不住隔壁的咳嗽声和伦敦的阴冷，但年轻可以抵挡一切，一张单人床一个书桌就塞满的空间，Tesco的罐头水煮豆配上培根的餐点，在纯真的眼睛里看起来华丽又丰盛。心里的杂念少，世界就会大，这简单的道理竟要在多年后方能领悟……
于是，我们这对异乡鸳鸯把行李箱丢在宿舍，各背一个背包，靠着青春和买车票半价的Young Persons Card，在2月飘着毛毛雨的西欧天气，从伦敦滑铁卢车站坐着“欧洲之星”穿过英吉利海峡到巴黎，再从巴黎坐飞机到米兰，狼狈地一路跟时间赛跑，只因为年假不过短短一个礼拜……

此趟欧洲之旅，应是我陪她的休息假期，但却更像她陪我在东奔西跑地游乐，回台后把相片洗出来，才发现，女孩的外套都是同一件，眼睛总是浮肿，相片她帮我拍得多，我替她照得少，多数有她的照片都有我……原来，我的景点是大笨钟、是巴黎铁塔、是多摩大教堂。

但她的景点，多数只有我。

所以她可以不在意自己的美丑，配合一个粗心的大男孩，什么都不带地跟着我浪迹天涯，每天没睡饱地赶路。
可以在香榭丽舍大道上，放弃自己想买包包的欲望，从日本观光客的排队人龙中逃开，随着我走路绕了大半个巴黎，找寻一杯杂志介绍的咖啡跟一幅梵高的画。
可以在米兰因为订房误差，几乎要露宿街头的午夜，为了帮我省钱，说什么都不进还有空房的五星级饭店，拉着我问着一间一间的便宜饭店……然后找到一间吹风机要到柜台借的旅馆，开心地手舞足蹈。

这样的女孩、这样的缘分，照正常的人生顺序走，应该有个比较合理的结果，奈何世间的逻辑并不是照着人的希望安排，跟一个在几万公里远的人谈情说爱或许并不正常……

在千禧年来临之前，我们结束了。

我们输给了几片海洋跟地球运转的威力，两人很俗套地成了时空的手下败将，当时我真的是这么想，就算天天热线、天天一封信，我就是无法在她感冒的时候给一杯温开水，在她难过的时候给一个拥抱，于是我笃定，拆散两人的就是该死的距离，这是远距离恋爱一开始就注定的八股剧情。

接下来的日子又遇到了不同的女生，慢慢地在更多人身上看到自己的投射，终于搞清楚，自己错得离谱，哪来的狗屁注定。

我是败在自己手下，年轻的我不懂女生的抱怨不是要听你分析；不懂女生愤怒的时候根本不需要听道理；不懂一句伤人的话一万朵玫瑰也弥补不了。即便你有一百套管理员工的方法，却没有一个方法适用于爱人。

现在懂了，体会到有些感情值得你用尽全力去争取，哪怕是海角天涯。

然而命运不会让不珍惜的人得逞，女孩已经有两个小孩了，就算我比她老公可爱，也可爱不过她小孩，是吧！

这几年，我去了几十个国家，但是就是没有再回到伦敦、巴黎跟米兰，也许是阴错阳差没去成，但也有可能潜意识里，这是一块不想再去触碰的地方，那记忆中的街道跟店面，跟女孩一样，都飘着某个年代的气味，像是一首随时会唤起青春和嘲笑自己的情歌。

可是我相信一定有一天……

在伦敦某个刚下过雨的午后，我会在哈罗德百货附近的咖啡馆，看着红色的双层巴士穿梭在抬头挺胸的英国人群里，跟我喜欢的人讲这个故事，我会用尽全力让她明白，再也没有任何事物可以让我退却。

而且，我会微笑地背一个比她大两倍的包包，装她的衣服和化妆品，没有怨言。

我相信，一定会有那么一天……

Love
×
Voyage

伦敦热门的二手市集——Brick Lane

一直以来，只要是去伦敦，就一定得提到市集，从Notting Hill的新鲜食物及各类食材的Farmers' Market 与专卖顶级二手古董品的Portobello Market、20世纪70年代就存在的占地超大的二手衣市场Camden Market，一直到这几年来火红的Brick Lane，还有最近才兴起的高级有机果菜市集Broadway Market……

伦敦，一直是二手市集的代名词，所谓的“Londoner”也都相当喜欢以古着及二手服饰穿搭。

Brick Lane是这些年发展最快，也相当受大家喜爱的一个二手市集，这里除了店家之外还是很多艺术家、设计师、餐厅和bar的聚集之地：这里虽然是中东人的区域，但由于一边是高度发展的现代金融区，另一边又是艺术重地White Chapel，夹在两者中间，Brick Lane发展出一个自己的文化，是个相当trendy的地方，一到周末就聚集了许多超有型的fashion people，来这里找好的二手品，当然，如果你的东西够特别的话，也可以到这里来摆摊。

Special thanks to Kuo-Li Chang and Gordon Han.
谢谢你们，相信我可以出三本旅游书，我做到了……